A Última Corrida
Ferradura dá Sorte?

Marcos Rey

A Última Corrida
Ferradura dá Sorte?

São Paulo
2009

© Palma B. Donato, 2008

1ª edição (com o título *Ferradura dá sorte?*), Edaglit, 1963
2ª edição, Ática, 1982
3ª edição, Global Editora, São Paulo 2009

Diretor Editorial
JEFFERSON L. ALVES

Gerente de Produção
FLÁVIO SAMUEL

Coordenação Editorial
ANA PAULA RIBEIRO

Assistente Editorial
JOÃO REYNALDO DE PAIVA

Revisão
ALESSANDRA BIRAL
PATRIZIA ZAGNI

Projeto de Capa
VICTOR BURTON

Foto de Capa
ROMULO FIALDINI

Editoração Eletrônica
ANTONIO SILVIO LOPES

Dados Internacionais de Catalogação na Publicação (CIP)
(Câmara Brasileira do Livro, SP, Brasil)

Rey, Marcos, 1925-1999.
   A última corrida : ferradura dá sorte? / Marcos Rey. – 3. ed. – São Paulo : Global, 2009.

   Bibliografia.
   ISBN 978-85-260-1333-9

   1. Romance brasileiro. I. Título.

08-09461   CDD-869.93

Índice para catálogo sistemático:

1. Romances: Literatura brasileira   869.93

Direitos Reservados

GLOBAL EDITORA E DISTRIBUIDORA LTDA.
Rua Pirapitingui, 111 – Liberdade
CEP 01508-020 – São Paulo – SP
Tel.: (11) 3277-7999 – Fax: (11) 3277-8141
e-mail: global@globaleditora.com.br
www.globaleditora.com.br

Obra atualizada conforme o **Novo Acordo Ortográfico da Língua Portuguesa**

Colabore com a produção científica e cultural.
Proibida a reprodução total ou parcial desta obra
sem a autorização do editor.

Nº DE CATÁLOGO: **3019**

Sumário

I – O APRONTO

Capítulo 1 9

Capítulo 2 23

Capítulo 3 29

Capítulo 4 39

Capítulo 5 45

Capítulo 6 53

Capítulo 7 59

Capítulo 8 63

Capítulo 9 69

Capítulo 10 77

Capítulo 11 81

II – A CORRIDA

Capítulo 12 89

Capítulo 13 99

Capítulo 14 105

Capítulo 15 113

Capítulo 16 119

Capítulo 17 127

Capítulo 18 137

Capítulo 19 143

Capítulo 20 149

Capítulo 21.. 155

Capítulo 22 159

Bibliografia 167

Biografia 171

I
O Apronto

1

O Apronto

1

*H*avia muita luz naquela tarde, um sol ardente, cheio de reflexos, a tal ponto agressivo que o velho Juca, ou mestre Juca, como costumavam chamá-lo no Prado, apesar de seu interesse na prova, não pôde acompanhá-la com a nitidez desejada. Com os olhos sanguíneos, a respiração contida, apertava-se todo contra a cerca da pista. Sofria como um danado, mas, em dado momento, olhando ao redor, com medo de que o observassem e rissem dele, fingiu-se impassível, sem nervos. O certo, porém, era que conhecia o seu ofício, e quando o reduzido lote dobrou a reta final, sobre a pista de areia, viu Marujo novamente derrotado. Já vinha sem grande ação desde a curva da reta oposta e nada indicava que reagisse nos seiscentos metros finais, ele que nunca fora atropelador. Quando mestre Juca relaxou os músculos, dando tupo por perdido, Marujo cruzava o disco em terceiro lugar, sem ao menos garantir as despesas da inscrição. Claro que já fizera melhor figura em páreos de maior distância, disputando com cavalos de primeira turma. Fora um parelheiro de cartaz e os cronistas haviam se ocupado muito dele, nas campanhas passadas, principalmente, no ano em que se coroara, com méritos indiscutíveis, o rei da raia paulista. O seu retrospecto confirmava um bom número de esplêndidas vitórias, sem falar de um recorde, ainda em vigor, na distância dos mil e oitocentos metros, e de um belo segundo lugar para Helíaco, na Gávea. Tivera grande classe e fora elogiado em todos os jornais e revistas especializadas do país. Agora, pela terceira ou quarta vez consecutiva, perdia um simples páreo de *handicap*.

Juca foi buscar o animal para o banho, nos seus passos lentos, olhos no chão, pensativo. Pouco lhe importava o que acontecia ao redor, já que o cavalo perdera. Ignorava o espetáculo multicor das arquibancadas, onde as senhoras elegantes passeavam em seus trajes vesperais e os cavalheiros consultavam os programas, com ar grave, assinalando nomes e números com suas canetas-tinteiro. Nas populares havia menos discrição e, com algum alarido, ainda se comentava o páreo que The Wings vencera sem nenhum esforço notável. Os cavalos da carreira seguinte já saíam para o *canter* e dali a meia hora haveria novos momentos de emoção. Mas para mestre Juca tudo estava acabado aquela tarde: Marujo já correra, e seu patrão, o ricaço Cid Chaves, não tinha mais animais inscritos no resto do programa.

Diante do volumoso animal, que ainda sustinha o corpo de Polegar, o jóquei, Juca estacou e sacudiu a cabeça, desolado. Com certeza, o antigo ferimento de Marujo reabrira, como já acontecera uma vez, o que explicaria o fracasso. Em condições normais de saúde, o ex-rei da raia não poderia ser tão facilmente batido por aqueles matungos, embora os apostadores não o tivessem eleito o favorito da prova. Juca era um treinador cheio de brios e seu orgulho profissional se acentuava com a velhice. Agora, mais do que nunca, custava a reconhecer derrotas.

O jóquei desmontou e o treinador examinou o animal com olhos experientes. O ferimento não reabrira. A cicatriz continuava perfeita. Os tendões normais. Dirigiu-se, então, asperamente ao jóquei:

— Por que não quis vencer o páreo?

Polegar lançou-lhe o pior olhar deste mundo. A pergunta magoara-o. Era uma vexatória acusação. Com que direito aquele velho lhe falava assim?

— Não faço milagres — respondeu, carrancudo.

— Ninguém precisa fazer milagres montando Marujo — replicou mestre Juca, de cabeça erguida, com sua jactância. — É só não atrapalhá-lo e ele vence os páreos sozinho. Como foi que fez para perder a prova?

Polegar deu um passo de lado.

– Não aborreça, velho.

– Marujo foi preparado para vencer. Ou eu não entendo de cavalos de corrida?

– Talvez não – respondeu o jóquei, forçando a carranca. – Pode ser que esqueceu o que sabia. Acho que é isso. Fique com seus pangarés – acrescentou, retirando-se, apressado. Tinha mais uma montaria aquela tarde e não queria conversa.

O treinador foi puxando o cavalo. Arrependia-se de não ter investido contra Polegar. Precisava acusá-lo publicamente de trapaceiro. Ninguém conduz um cavalo tão mal, a não ser que tenha lucro com isso. Marujo não podia ter afrouxado as pernas por fraqueza. Cuidara dele desde os primeiros treinos. Conhecia sua linhagem. Bem conduzido, poucos animais poderiam batê-lo, apesar dos seus seis anos. Evidente, Polegar atrapalhara-o.

– Vou preparar você outra vez – disse ao cavalo, ele que se julgava entendido pelos animais.

Não deu mais um passo sequer porque Cid Chaves surgiu diante dele, de imprevisto, com aquele sorriso triste e macio que sempre exibia quando seus parelheiros perdiam. Um sorriso que significava: "Não faz mal, da próxima vez venceremos". Cid, o elegante *turfman*, era proprietário de Marujo e de mais uns dez animais, todos sob os cuidados do Juca. Homem muito rico, amava o turfe, as boas roupas, as bebidas finas e tudo que encanta as pessoas de fino gosto. Tinha fama de generoso, e se isso não fosse verdade, ao menos era tratável e amigo.

– O matungo decepcionou de novo – disse. – Partiu bem, correu na frente os primeiros oitocentos metros, mas seu fôlego já não é grande coisa. Veja em que estado está! Como sua, meu Deus!

Juca pôs-se a fazer agrados no focinho de Marujo, forçando uma careta irônica, muito sua nos momentos de tortura interior.

– Marujo não é um matungo. Podia ter vencido a prova. Esse tal The Wings é um cavalinho mixo.

– Sua pata sangrou? – perguntou Cid Chaves, dando ao treinador uma oportunidade de desculpar-se do revés. Ele e o velhote entendiam-se perfeitamente e um sempre se preocupava em tirar as responsabilidades de fracasso do outro. Cid, por nada deste mundo, consentia em ferir as suscetibilidades de Juca. Só depois de muitos elogios e rodeios ousava dar-lhe um conselho que fosse de encontro aos princípios profissionais do velho.

– As patas estão intatas – respondeu Juca, sério. – Acha que eu permitiria sua inscrição se houvesse perigo do ferimento reabrir-se?

Cid Chaves, maneiroso, tentou ajudar o treinador mais um pouco, facilitando-lhe nova desculpa.

– A pista estava pesada demais; tem chovido muito e Marujo não se deu bem. Além disso, não é mais um brotinho. Já está bastante cansado e foi prejudicado pela raia.

– Marujo corre em qualquer raia – replicou Juca.

– Foi um cavalo admirável! – prosseguiu o proprietário. – Que capacidade de adaptação! Mas abusamos demais dele. Afinal, um cavalo não é uma máquina. Seu corpo está pedindo repouso.

Juca expôs, enfim, sua opinião:

– Com outro jóquei ele teria vencido.

– Polegar é nosso melhor piloto. No ano passado foi o vice-líder da estatística.

– Fez muito mal em arrancar no início. Devia tê-lo contido até à entrada da reta. Não entendo por que agiu tão erradamente.

Cid Chaves acendeu um cigarro para ganhar tempo. Queria evitar que Juca se indispusesse com o jóquei, o que lhe criaria problemas. Claro que Polegar era inocente no caso. Mas como era difícil tratar com Juca sem feri-lo! Outro proprietário não teria a mesma paciência.

– Você bem sabe que Marujo gosta de correr na porta. É um animal espontâneo, temperamental.

– Mas não era necessário avançar tanto. O jóquei devia tê-lo contido. Cansou-o, e quando quis solicitar o animal, se é que quis...

– Então Marujo perdeu o fôlego – interrompeu-o Cid. – Noutros tempos, reconheço, isso não teria acontecido. – Colocou a mão sobre o ombro de Juca: – Você geralmente tem razão quando discutimos, mestre. Acabo sempre dando a mão à palmatória, mas concorde comigo desta vez: Marujo está liquidado.

Apesar das boas maneiras do patrão, Juca não concordou:

— Conheço este cavalo, doutor... — Ele apenas chamava Cid Chaves de "doutor" quando, por qualquer razão, se opunha às suas ideias. Aí então, forçava um digno ar de humildade, como se rompesse, num instante, os laços de amizade que os prendiam. Voltavam a ser patrão e empregado. — Marujo é cavalo para se impor de novo. Polegar não se portou bem. Penso assim.

Uma moça loura, elegantemente trajada, envolta em leve e branco tecido de verão, parou ali perto, à espera de Cid. Dava uns passinhos, impaciente, e lançava-lhe olhares que disparavam chamas. Sentia-se abandonada, e como a humilhava a espera! Era comum vê-la nas tardes turfísticas em companhia de Cid Chaves, ostentando sempre um ar de enfado ou de terrível irritação, mas sempre bonita, atraente e bem-vestida. Dizia-se no Prado que ela grudara como lesma em Cid e que tornara sua vida um tormento. Nunca se livraria dela.

— Meu raciocínio é outro — disse o patrão, mais enérgico, com os olhos na moça, cuja impaciência o preocupava. Por que ela o estava sempre apressando? Que bobagem estaria querendo ver nas arquibancadas? — Estou resolvido a mandar o cavalo para o haras. Não percamos mais tempo com ele, quando diversos potros estão necessitando de maiores cuidados.

— Mandá-lo para o haras?! — exclamou Juca. — Será que esqueceu que, depois daquele acidente, Marujo não serve mais para a reprodução? Devemos aproveitá-lo até o fim.

— Não quero mais preocupar-me com ele — disse Cid Chaves. — Foi um bravo, mas seu tempo passou. Deve ser aposentado.

— Gostaria de provar o contrário, doutor — declarou Juca, muito sério, em tom de desafio. Não lhe agradava a palavra "aposentado" saída com tanto desdém dos lábios do patrão.

Cid Chaves, ainda olhando a moça, que lhe fazia nervosos sinais, quis acabar com a conversa.

— Oh, Juca, parece que você se afeiçoa tanto aos animais que não gosta de vê-los partir. Você poderá ir visitar o Marujo quando quiser.

O treinador atreveu-se a levantar a voz:
— O senhor fala comigo como se eu fosse uma criança...
— Imitou-o: — "Pode ir visitar o Marujo quando quiser...". Não se trata

de afeição – reagiu, como se ficasse mal a um treinador ter tais sentimentos. – Se insisto com o senhor para aprontá-lo de novo é porque confio no animal. Ainda poderá ganhar muitos páreos.

– Juca, vamos dar o assunto por encerrado.

– Como queira – respondeu Juca, de cara amarrada. – O cavalo é do senhor, não é? Mas advirto que vai cometer um grande erro.

A moça loura aproximou-se um pouco, para exibir mais de perto sua impaciência. Batia com os tacões no chão e esfregava as mãos enluvadas, cheias de ódio. Não suportava discussões sobre cavalos e detestava ser deixada de lado por quem quer que fosse.

– Tenho que ir – disse Cid, fazendo um agrado ligeiro no focinho de Marujo. – Você talvez tenha razão, mas não quero ver mais este cavalo na pista.

Deu uma batida, à guisa de reconciliação, no ombro do treinador e foi juntar-se à moça que o esperava com algumas palavras duras em seus lábios macios. Brigavam sempre e em qualquer lugar. Lado a lado seguiram na direção das arquibancadas dos sócios. Ela alegre outra vez, cônscia de que, para muita gente, naquelas belas tardes, sua presença tinha mais importância no Prado do que a dos cavalos mais velozes.

Juca ficou a olhá-los, rancorosamente. Aborrecia-o ver Cid Chaves dominado por aquela moça de quem todos falavam mal do hipódromo. Era uma pequena impulsiva e com manias de mando. Devido a seus frequentes atritos com a amante, Cid Chaves às vezes perdia o controle dos nervos e tomava atitudes incompatíveis com sua educação. Juca, por exemplo, costumava culpá-la de todos os erros que o patrão cometia dentro e fora da vida turfística.

– No lugar de se livrar dela – murmurou –, quer se livrar do Marujo. Eu o conheço bem.

Essa conclusão satisfez o velho Juca, e ainda com o coração pesado tratou de encaminhar o cavalo para o banho. Um tratador auxiliar, muito jovem, veio ajudá-lo na tarefa, enquanto formulava cabulosas perguntas sobre o desenrolar do páreo. Juca não respondia, atormentado por seus problemas íntimos. A derrota de

Marujo tinha relação com sua própria velhice, e a palavra "aposentado", dita com secura, ainda vibrava em seus ouvidos. Da aposentadoria de Marujo à sua talvez houvesse um só passo, e ele não saberia o que fazer da vida sem aquelas tardes do Prado, batidas de sol, repletas de cores, em festa constante. Sabia que Cid Chaves, tão bondoso, não o deixaria morrer à míngua e cuidaria dele até seus últimos dias, mas o que Juca queria era continuar na ativa e conquistar novos triunfos. Precisava provar mais vezes o seu valor profissional. Diziam que ele estava velho demais, riam-se dos seus fracassos. Uns até murmuravam quando ele passava. Ah! tinha que mostrar a esses imbecis que ainda estava em boa forma, que era o mestre dos treinadores! Para isso, só mesmo preparando um potro para o Grande Derbi ou dando um estouro com um animal considerado falido por todos, como Marujo.

– Por que essa cara, mestre Juca?

O treinador voltou-se e viu na porta da cocheira um molecote de dezesseis ou dezessete anos que girava ao redor do dedo a corrente de um chaveiro. Vestia calças cinzentas, uma espalhafatosa blusa verde e usava sapatos sem cordéis, todo à esporte, como convinha numa tarde de turfe. Corado e muito bem-disposto, era um rapazola típico dessa geração estabanada de hoje.

– Que há com minha cara, Gil?

– Alguma coisa não vai bem com você, a gente nota.

Gil entrou na cocheira e passou a mão sobre o lombo do cavalo.

– Você viu a corrida? – perguntou o velho.

– Vi, sim, mas por sorte não apostei no seu. Acertei duas pules no The Wings. O seu Marujo não é grande coisa.

– Você não entende disso – retrucou mestre Juca.

– O que sei foi você quem ensinou.

– Se realmente conhece cavalo, olhe para Marujo e diga se não é mesmo um craque. Veja que linhas e que musculatura! E se tiver dúvida, consulte o seu retrospecto. Fale com os cronistas. Marujo ganhou de Mirón e perdeu no olho mecânico para Helíaco. Já foi o rei da raia paulista e mantém até hoje o recorde dos mil e oitocentos metros. Houve um cronista que o comparou a Sargento e a Albatroz, e olhe que eu endosso a comparação. O que sempre lhe faltou foi sorte com os jóqueis. E esse velho azar se repetiu hoje. Você viu como o maldito Polegar afrouxou na reta final, viu?

— Mas o cavalo estava cansado.

Juca riu, nervoso.

— Cansado, este cavalo? Este?

— Foi o que ouvi dizer nas arquibancadas.

— O público não entende de turfe. São uns diletantes, cambada de viciados. Conhecem o jogo, não o esporte.

Gil examinava o cavalo. Era a primeira vez que o via de perto. De fato, era um lindo animal, altivo, vistoso, e dava uma extraordinária impressão de vitalidade.

— Já que é assim, não entendo por que perdeu para The Wings e Miss Ly. Animais comuns, sem classe.

— Polegar foi o culpado. Bandido.

— Mas é um bom jóquei.

— Preferia que Marujo tivesse sido pilotado por um jóquei novo. Menos experiente, porém mais entusiasta.

Gil fez uma careta para retratar sua lástima.

— É uma pena que eu não possa ser jóquei. Peso sessenta e quatro. Do contrário, minha vida seria um céu aberto, e eu ficava livre da família. Todas as vezes que venho aqui, minha irmã briga comigo.

— Não vejo mal algum em gostar de cavalos — disse o treinador.

— Nisso ela também não vê, mas eu aposto, você sabe. Também aposta, mestre Juca?

— Nunca apostei um tostão — respondeu o treinador, com dignidade.

— Engraçado, isso — comentou o rapaz. — Nunca apostou mesmo? Nem acredito.

— Nunca.

— Eu gosto de apostar.

— Onde arranja dinheiro para as apostas? — quis saber o velho.

Gil riu para si mesmo. Era agradável ter um amigo com quem pudesse fazer confidências, embora esse amigo fosse tão idoso.

— Umas vezes vendo objetos velhos. Outras vezes roubo da bolsa de minha irmã. E da carteira dos meus irmãos. Tenho dois. Um está estudando para médico.

O treinador lançou-lhe um olhar de censura.
– Você não deve roubar.
– Eu só roubo para comprar as minhas pules. Para outras coisas, não.
– Mesmo assim, não é uma boa ação.
– Roubo só os meus irmãos – desculpou-se Gil, austero. – Isso é muito menos grave.
– Nunca roubou nada de outras pessoas?
Gil ruborizou-se e voltou a passar a mão sobre o lombo de Marujo.
– Tenho pensado nisso, pois sempre há o que roubar, mas ainda não furtei nada de alguém fora da minha família.
– Jura?
Gil desviou o rosto.
– Jurar é pecado.
Mestre Juca apalpou entre os dedos a fazenda da blusa que o rapaz usava.
– Como arranjou essa blusa nova?
– Meu irmão comprou para mim. Preciso andar bem-vestido porque estou namorando e talvez me case. Algum dia destes conversaremos a respeito – prometeu com ar solene.
– A respeito de quê?
– Do meu casamento. Você é meu amigo e com amigos a gente pode se abrir. Gostaria que conhecesse a moça – disse com um brilho nos olhos. – Chama-se Valentina.
– Nada entendo de mulheres – respondeu Juca. – E quer saber de uma coisa? Não gosto muito delas. Mas acho que gostarei de sua pequena porque gosto de você.
Gil esqueceu Valentina como assunto e pôs-se a elogiar a figura altiva de Marujo, mais para agradar o velho. Entendiam-se os dois muito bem e, às vezes, num bar da redondeza costumavam encher horas inteiras, conversando. Nessas ocasiões, tão frequentes, Juca contava ao rapaz a história dos grandes páreos e invocava, com ardor, as proezas de famosos parelheiros como Sargento, Borba Gato e Formasterus. Tudo que sabia sobre o turfe narrava com um colorido romântico, entusiasmando o seu ouvinte. Há mais de trinta anos Juca cuidava de cavalos. Fora jóquei na

mocidade e, como treinador, fizera cruzar o disco na ponta a mais de uma centena de animais. Conhecido de todos os turfistas, que se referiam a ele nas suas colunas com um carinho especial, tolerantes para com seus últimos fracassos, chegava a ser para o garoto um personagem de lenda. Gil estimava-o mais do que a uma pessoa da família. Na escala de sua afeição, ele vinha logo abaixo de Valentina.

– Agora direi por que estou com essa cara – disse mestre Juca. – Cid Chaves quer mandar Marujo para o haras. Vai aposentar o animal. Quase brigamos por causa disso.

Gil não entendeu o porquê da discórdia.

– Sempre ouvi dizer que os cavalos são aposentados compulsoriamente depois de certa idade.

– Marujo não é velho, tem seis anos. Pode correr mais dois. Foi com sete que Hélium venceu o Grande Prêmio Brasil, em tempo recorde. E Marujo, acredite se quiser, não fica atrás de Hélium.

– Diga a Cid Chaves o que está dizendo a mim. Ele entenderá.

– Já disse, mas foi inútil. O patrão anda nervoso e eu sei por quê. Tem brigado com aquela vagabunda que anda com ele, e quando isso acontece faz asneiras sobre asneiras. Implica com as coisas. Quer se desembaraçar de tudo. Desta vez embirrou com o Marujo. Do que precisa é chutar aquela mulherzinha.

– Ela é muito bonita e se veste como uma atriz de cinema – disse o rapaz.

– É uma prostituta, ou foi, sei lá.

Gil tentou fazer a defesa da moça:

– Quem não gostaria de ter uma pequena igual? E como é cheirosa! Gosto de mulheres que cheiram bem.

O treinador pôs o balde de água ao alcance do focinho de Marujo; quando gostava de um cavalo punha-se no lugar de um serviçal qualquer. Não permitia que outros o tratassem. Dirigiu-se ao cavalo, com emoção na voz:

– Queria ver você correr mais uma vez. Eu não o deixaria perder.

Marujo sacudiu o rabo.

– Viu? Ele me entende. Também pensa como eu.

– Cid tem outros cavalos bons – lembrou o garoto.

– Melhor do que este, nenhum.

– Tente mais uma vez convencê-lo, mestre Juca. Cid é bom, ele vai por você.

– Não toco mais no assunto com ele – respondeu o velhote, desolado. – É um cabeça-dura! O que eu queria era arranjar quem comprasse o Marujo. Eu mesmo o aprontaria para nova carreira.

Gil coçou o queixo.

– Cid venderia ele?

– Se eu arranjar comprador, vende. Marujo não é reprodutor.

– Quanto vale esse bicho?

– Já valeu uma fortuna. Não tinha preço. Hoje, Cid o passaria por qualquer dinheiro. Quer se livrar dele.

– Venda-o, então.

– É o que vou tentar fazer.

– Por que não o compra você mesmo?

Mestre Juca sacudiu a cabeça, como se a proposta o ferisse.

– É contra os meus princípios. Não quero ter cavalos de minha propriedade.

– Se eu fosse rico, comprava ele – disse o garoto, sonhando.

– Não é preciso ser rico para isso. Mas esqueça, por favor. Você seria capaz de assaltar um banco para arranjar o dinheiro.

Gil achou graça e Juca riu também. Mas a verdade era que, daquele momento em diante, o garoto começava a pensar seriamente num meio de cavar o dinheiro. Decerto não lhe ocorria meio algum, e muito menos um meio honesto. Tudo era vago ainda em seu pensamento, porém quis sondar o treinador quanto às verdadeiras possibilidades do cavalo.

– Acha que ele ainda pode dar dinheiro?

– Pensava inscrevê-lo no Grande Prêmio Metropolitano, que é de um milhão.

– Um milhão, meu Deus!

– Isso mesmo, um milhão.

– Com esse dinheirão no bolso eu casava com Valentina quantas vezes quisesses.

Mestre Juca não entendeu.

– A gente só pode casar uma vez com uma mulher.

– Eu gostaria de casar com ela todos os anos. Assinar os papéis e voltar à igreja todos os anos.

— É uma ideia original.

O garoto, ansioso por voltar ao assunto do casamento, perguntou:

— Juca, você nunca esteve apaixonado?

O velho sacudiu a cabeça, negativamente.

— Que eu me lembre, não. Quando era moço, dei um presente a uma pequena, uma bolsa. Naquela ocasião, eu ainda montava.

— Que fim ela teve?

— A moça? Não sei: desapareceu. Durante algum tempo andei amolado, mas logo a esqueci. Tinha com que me ocupar: os cavalos. Às vezes, eu me lembrava dela e tomava um porre. Saía pelas ruas, embriagado, e cantava. Fiz isso mesmo depois de já ter esquecido o nome da moça. O que eu queria era um motivo qualquer para encher a cara.

— Não quero que isso aconteça — disse o garoto, com amargo pressentimento. — Tenho medo de que algum dia Valentina também desapareça, como fez a sua namorada.

— Então, não lhe dê nada. Dar presentes a uma mulher não é um bom emprego de capital.

— Faria qualquer coisa para prender Valentina — continuou o rapazola, visivelmente triste.

— Ela não gosta de você? — quis saber o velho, já preparando uma palavra de conforto.

— Menos do que eu dela.

— Você é muito moço para se preocupar com as mulheres — aconselhou Juca. — Veja o Cid Chaves! Se não fosse aquela maldita vagabunda perfumada, seria o melhor homem do mundo. De fato, tem um coração enorme.

Gil acendeu um cigarro. Deu outro para Juca.

— O Cid Chaves é rico, tem tudo o que quer.

— Talvez tenha coisas demais.

— Sempre que sonho — confessou o rapaz —, sinto-me no lugar de Cid Chaves. Queria ter tudo o que ele tem. Que inveja!

— Não é bonito ter inveja — observou Juca.

— Mas quem é que não tem?

— Eu não tenho porque só gosto de cavalos, o que aqui não falta. No momento só tenho uma queixa da vida: despedir-me de Marujo.

— Você vai vender ele, não vai?

— Vou tentar, mas não sei se consigo.

— E se eu arranjar um comprador? — indagou o garoto, com os olhos vivos.

— Dou parte à Polícia. Será uma tramoia.

Gil achou graça.

— Vou falar com Valentina. Ela deve ter dinheiro guardado. E se tiver, compra o Marujo. Ela adora bichos.

2

Gil deixou o hipódromo e dirigiu-se ao apartamento de Valentina, num prédio pequeno, sem elevadores. Ela morava no último andar, o terceiro. O rapaz ia lá quase todas as tardes, e às vezes à noite, nem sempre com sua permissão. Ocupada com seus visitantes, era comum ela abrir a porta apenas uns centímetros e sussurrar que voltasse mais tarde ou simplesmente que fosse embora. Gil, indignado quando isso acontecia, jurava em voz alta nunca mais voltar ali, mas voltava sempre, e não com as mãos abanando; para que tudo continuasse às boas, levava-lhe uma flor que roubava de algum jardim, ou frutas que afanava nas feiras livres, no que era muito hábil. Então, se dispunha de tempo, não por causa dos presentes, mas porque lhe queria bem, ela o recebia de novo, até certo ponto feliz por revê-lo.

Ao primeiro toque da campainha, Valentina abriu a porta. Ela não brincava com Gil quando dizia ter trinta e quatro anos. Realmente, mostrava essa idade. Era um pouco mais alta que a média das mulheres e fazia-se notar pelos seus cabelos compridos e louros. Há alguns anos devia ter sido bonita, mas seu crepúsculo começara cedo. Vestia um traje simples e muito asseado. O seu todo era doméstico, apenas a pintura dos olhos, azul-desmaiado, revelava discretamente sua profissão.

– Vamos entrar? – ela convidou.

O apartamento resumia-se numa saleta e num quarto, mas era a este que Valentina costumava levar logo as visitas, cômodo mais amplo e melhor ventilado. A mobília das duas peças era antiga, porém bem conservada. Alguns abajures, de variados aspectos, eram acesos, mal escurecia.

– Onde você esteve a tarde toda? – perguntou Valentina.

– Estive no Prado – respondeu Gil, prevendo o que ela ia perguntar depois.

– Jogando como um doido?

– Joguei em três páreos, num eu ganhei.

– Pegou alguma bolada?

– Sempre arrisco pouco, porque nunca tenho dinheiro, mas algum dia acerto uma boa acumulada e me arranjo.

A moça sentou-se na cama e olhou-o de frente. Seus olhos eram verdes e agudos.

– Gostaria que não jogasse. Você é um menino muito viciado.

– Não sou menino – ele protestou, docemente, querendo estar em paz com Valentina, aquela tarde, por causa do plano que tinha na cabeça.

– Mas é viciado.

Gil fez-lhe a pergunta que mantinha engatilhada, revelando uma encenação.

– Você gosta de bichos, não é verdade, Valentina?

Ela estranhou a pergunta:

– Por que quer saber?

– Diga: você gosta de bichos?

– Gosto, sim. Tive dois gatos e um cachorro. Mas não permitem bichos no apartamento.

– Todas as pessoas de bom coração, como você, gostam de bichos – ele observou, louvando-a.

– Não sei se é assim, mas gosto deles.

– Foi por saber disso que vim aqui – confessou Gil, finalmente.

Valentina procurou nos olhos dele a explicação.

– O que está querendo dizer?

O rapaz avançou um passo e segurou-a pelo braço, curvando-se sobre ela. Estava entusiasmado e queria contaminá-la com seu ardor. Abriu um largo e úmido sorriso.

— Gostaria de ter um cavalo?
— Não sei andar a cavalo — ela respondeu, séria.
— Você não precisará montar nele.
— Mas onde iria pôr o cavalo? Aqui, dentro do apartamento?
— Não brinque, Valentina. Estou me referindo ao famoso Marujo, o ex-rei da raia paulista. Você pode comprar ele de Cid Chaves. Juca me garantiu que Marujo ainda levantará uns páreos. Não quer ser dona de um cavalo de corrida?
— Que pensa que sou? Milionária?
— Querem por Marujo uma ninharia. Mas valerá milhões, se Juca pusé-lo em forma de novo. Eu conheço o Juca. Ele é capaz de fazer Marujo ganhar o Grande Prêmio Metropolitano. Tudo depende de você.
— Você enlouqueceu, menino!
— Pense, Valentina, pense. — E para calçar o pedido: — Espere! Vou lhe ajudar a pensar.
— Imagine! Eu sei pensar sozinha.
Ele admitiu que sim, mas insistiu nos seus argumentos:
— Ouça isso: Juca acha que ele tem perdido por causa do jóquei. Com outro jóquei, e bastante treinado, ele poderá abiscoitar o milhão do Metropolitano. Que dinheirão! Aí, sim, você seria dona do seu nariz.
— E você, o que seria? Dono do nariz de quem?
— Eu cuidaria dos seus interesses. Uma espécie de empresário.
— Mas esse Marujo é cavalo de corrida ou de circo? Sabe dançar? Dança baião?
— Claro que é de corrida, mas como você não entende do negócio eu cuidaria da apresentação do cavalo. Eu e o Juca, que é um verdadeiro mestre. Inscreveríamos o bicho nos páreos, acompanharíamos os aprontos...
Ela segurou-lhe uma das mãos. Estava encantada.
— Você é tão bonzinho, Gil.
— Então, compra o cavalo.
— Um amor.
— Compra?
— Não.
— Por que não? — espantou-se o rapaz.

Valentina investiu sobre ele.

– Quem lhe disse que tenho esse dinheiro? Conte-me. Quero saber, já.

– Ninguém me disse, mas sei que você é bastante ajuizada, econômica. Deve ter dinheiro.

– Saiba, pixote, que não tenho dinheiro, e mesmo se tivesse não comprava cavalo algum.

– Você não tem? – ele decepcionou-se.

– Já disse que não.

Gil espancou a coxa, com a mão espalmada.

– Você me deixou com cara-de-pau.

Ela olhava-o com ar zombeteiro. Não o levava a sério.

– Sinto muito, mas, se quiser, podemos comprar um cavalinho de rodas, serve?

– Não caçoe, por favor. Se tivesse boa vontade, arranjaria o dinheiro emprestado. Você conhece muitos homens ricos e qualquer um deles quebraria o galho.

Gil não devia ter dito o que disse, pois Valentina ficou triste por um momento, embora sorrisse.

– Os homens que conheço agora não são tão ricos como os que conheci antes e nem fazem muita questão de me agradar. Já me acham menos bonita, entendeu?

Temendo que Valentina falasse de sua vida íntima, o que perturbaria o clima romântico de suas relações, Gil resolveu não insistir nesse ponto. Ela não lhe daria o dinheiro. Seus castelos ruíam.

– Acho que não devo pensar mais nesse cavalo.

– Também acho – concordou Valentina. – Não deve pensar nesse nem noutro cavalo qualquer. Por que não volta à escola?

– Fui expulso da escola.

– Quem o expulsou?

– A professora. Era uma vaca.

– Gil, não fale assim.

– Mas era uma vaca, meu bem. Vivia se esfregando no diretor.

Ela fez novo arremesso.

– Já que não estuda, por que não arranja emprego?

Gil largou o corpo do divã, em completo abandono. Sonhava e lamentava-se:

— Gostaria de montar, mas passei muito do peso.

— Outra vez os cavalos! Por que não arranja logo um emprego de verdade?

— Farei isso — prometeu Gil. — Mas ainda é cedo. Depois, ninguém fica rico trabalhando. E eu queria ser rico, assim como Cid Chaves.

Valentina acariciou-lhe os cabelos secos e soltos. Para ela, era apenas uma criança que estava ali, a quem queria muito bem. Deu-lhe conselhos:

— Não é o bastante ganhar um dinheirinho todos os meses?

— Quero ter dinheiro grosso no bolso — ele replicou, aproximando-se dela. — E você sabe por quê.

— Não faço ideia.

— Para casar com você.

Agora Valentina riu alto e demoradamente. Deu-lhe um tapinha na cabeça, puxou-lhe o nariz e fincou-lhe o olhar, ainda sorrindo. Queria brincar.

— Quer mesmo casar comigo?

— Quero, sim — ele confessou, sóbrio. — Até falei com o Juca a respeito. Juca é o meu melhor amigo e para ele eu não minto.

Valentina teve uma ideia:

— Nesse caso, já que você tem boas intenções, vou chamá-lo sempre de "meu noivo". Você é o meu noivo. Estamos combinados?

— Você está brincando de novo — disse Gil, desolado.

— Não estou. Você é o meu noivo.

Ele apertou-lhe a mão. Fez-se dramático, atitude que simulava muito bem, mesmo quando seus sentimentos eram verdadeiros.

— Valentina, eu a amo como um doido. Promete esperar por mim até que eu consiga algum dinheiro?

— Prometo — ela respondeu, em tom de juramento. Brincava, evidentemente, e Gil não gostou. Andava cheio de melindres.

— Não me deixe nervoso.

— Você só fala bobagem — reprovou Valentina, quase encostando o rosto no dele. — Não sabe a idade que tenho? O dobro da sua. Logo serei um velha reumática.

— Meu tio também é mais moço que minha tia e os dois vivem muito bem — argumentou Gil, sisudo.

Valentina consultou o relógio de pulso.

– Estou à espera de alguém. É melhor você ir indo. Ponha o cigarro no cinzeiro.

Gil procurou o cinzeiro sobre o criado-mudo. Viu nele, com o coração em revolta, diversas pontas de cigarros, de marcas diferentes. Odiava aquele cinzeiro. Perguntou, fingindo desinteresse:

– Quem vem aqui?

– Não é da sua conta – ela respondeu, fria.

O homem que havia dentro dele estrilou:

– Insisto em saber.

Ela deu de ombros:

– Ora, um amigo meu.

Gil mudou de novo de atitude, humilde, agora.

– Valentina, se soubesse o ódio que sinto desses homens que vêm aqui...

– Verdade?

– Se pudesse, mataria todos eles. Não sei por que você recebe essa gente.

– Por favor, saia, Gil. Espero visita.

Ele plantou-se no meio do quarto como uma estátua, mas na sua imobilidade era todo energia.

– Não saio!

– O que você disse, seu atrevido?!

– Não me movo daqui.

– Se não sai por bem, sairá à força – disse Valentina, e empurrou-o, decidida, até à porta da rua. Ele deixou-se empurrar como se fosse um móvel, sem nenhuma resistência, mas sério e profundamente magoado. Ao chegar à porta, ela abriu-a, num gesto rápido, deu um beijo estalado no rosto do rapaz, e com mais um empurrão livrou-se dele. E, então, sozinha em seu quarto, sorriu com tristeza e foi sentar-se diante do espelho oval do psichê. De fato, esperava visita.

3

*E*ncerrada a reunião turfística daquela tarde, mestre Juca vestiu um blusão cáqui, que lhe dava o aspecto de um velho escoteiro, ou do próprio Baden Powell, e dirigiu-se no seu passo lento e firme ao Bar Hipódromo, ali nas redondezas. Era lá que se reuniam profissionais e afeiçoados do Jóquei e onde se colhiam as mais seguras informações sobre as "barbadas" da semana. Mestre Juca acostumara-se a frequentar o bar, onde sempre arranjava amigos. Mas, aquela tarde, por causa da decepcionante exibição de Marujo, não poderia manter a cabeça erguida e sua postura de mestre. No dia anterior, a despeito dos prognósticos pessimistas da crônica especializada, garantira que o cavalo não perderia, e ele perdera. Porém, o mais feio seria exilar-se em sua pensão. Tinha que enfrentar a situação e sair-se bem.

Entrou no bar e foi logo sentando-se num dos bancos, diante do balcão. Pediu uma cerveja.

Ao seu lado, também diante do balcão, nos bancos altos, dois jóqueis bebiam. Um deles, vendo o Juca, cutucou o outro, com ar irônico. Esse era o Chalaça, o jóquei que pilotara The Wings aquela tarde, suplantando Marujo. Era conhecido como contador de anedotas e amigo de piadas que, embora pouca graça tivessem, faziam sucesso no ambiente. Dirigiu-se subitamente a Juca:

– Vai passando bem, mestre Juca?

Juca apenas abanou a mão e voltou à cerveja.

Nesse instante, Polegar também entrou no bar e foi juntar-se aos seus colegas de montaria. A derrota de Marujo não o aborrecia, pois, naquela mesma tarde, alcançara duas belas vitórias.

– Eh! Polegar, por que você montou aquele matungo, hoje? – perguntou Chalaça, em voz alta.

– Fui obrigado – respondeu Polegar. – Eu já tinha dito que ele não dava mais nada. Olhe, nem de muletas.

Os jóqueis riram, e Chalaça fez nova pergunta:

– Ouvi dizer que você não quis ganhar...

Era para provocar o velho.

– Nenhum jóquei do mundo conseguiria melhor colocação para ele. O bicho está na lona.

– Não é isso, é que você não quis ganhar – insistiu Chalaça, teimosamente.

– Você afrouxou na curva – atalhou o outro jóquei.

– É verdade – disse Chalaça. – Você poderia passar o meu, mas não quis.

Polegar riu amargamente.

– Ganhei muito dinheiro fazendo essa trapaça...

Juca moveu-se no banco, pálido. Num impulso, desceu. Estava trêmulo, e todo branco aproximou-se dos jóqueis. Não suportava provocações. Tinha que reagir.

Polegar, que não percebera a aproximação do velho, disse ainda:

– Nem devia ter feito a força que fiz. Sabia que aquele matungo não pagava placê.

O treinador chegou bem perto dele:

– O que você está dizendo, seu idiota?

Polegar voltou-se, surpreso. Por que brigar com o Juca?

– Não falava com você.

– Você levou o páreo na moleza – acusou-o Juca, frenético.

– Não comece de novo – pediu Polegar, querendo conservar a calma.

– Falo quanto quero – bradou o velho.

Chalaça interveio. Já conseguira seu objetivo.

– Vá para o seu canto, Juca.

Mas Juca não se continha:

– Quero ter uma conversa com esse imbecil. Estejam de prova.

– Não posso perder tempo com você – respondeu Polegar, sem se exaltar.

– Perdemos o páreo por sua culpa – bradou o velhote. – Se tivesse contido o animal até à entrada da reta...

– Vá beber sua cerveja! – interrompeu o jóquei.

– Me deixe falar. Quero lhe dizer umas verdades. Você está precisando ouvir. Se você tivesse a fibra do velho Cintra...

Os três jóqueis entreolharam-se e riram, inclusive Polegar.

– Deixe o cadáver do Cintra em paz.

– Vocês todos deviam imitá-lo – bradou Juca.

– Não foi do nosso tempo – disse Chalaça.

– Fale quanto quiser, mas não me obrigue a prestar atenção – pediu-lhe Polegar, apanhando um copo para beber a cerveja dos amigos.

Aquela mostra de pouco caso, os sorrisos à lembrança do nome do Cintra feriram ainda mais o velho. Não adiantava falar com aqueles tipos. Com os punhos cerrados avançou contra Polegar, derrubando, no impulso, o copo de cerveja. O jóquei voltou-se para defender-se. O velho estava irado e disposto à briga. Mas os outros dois imediatamente seguraram o Juca, impedindo que o choque continuasse.

– Vá embora daqui – disseram-lhe.

– Soltem-me! Quero quebrar a cara dele – bradava o velho.

– Você se porta como uma criança.

Polegar, que enxugava com o lenço a roupa molhada de cerveja, chegou-se ao Juca e disse-lhe com a boca quase colada à sua cara:

– Velho idiota, o seu tempo já passou... Você nem sabe mais quando um cavalo pode correr ainda, ou não. Recolha-se a um asilo.

Juca quis responder, mas não pôde: perdera a voz. Docilmente permitiu que os dois o levassem até a porta do bar.

– Vá tomar um pouco de ar – disse-lhe Chalaça. – Deixe a cerveja, que eu pago.

O velho treinador pôs as mãos no bolso e afastou-se, de cabeça baixa.

Os dois jóqueis voltaram para perto de Polegar, que enchia outro copo de cerveja.

— O velhote está completamente doido — disseram.

— Deus me livre de ficar velho um dia — murmurou Polegar. — Não há nada pior do que isso.

— Cid Chaves devia mandá-lo para o haras — pilheriou Chalaça.

— Seria inútil — respondeu Polegar, com um sorriso. — Ele nem serve para a reprodução. É como o Marujo.

Antes de ter dado dez passos, Juca já se arrependera de sua atitude no bar. Felizmente não havia ali muita gente para assistir ao espetáculo, mas a notícia da briga ia correr. Seria ridicularizado por todo o pessoal do Jóquei, que gostava de ter alguém de quem se rir. Chegara a sua vez de ser o palhaço. Mas fora o culpado, reconhecia, expondo-se daquela maneira. Não soubera controlar-se, envergonhava-se. Mas não pensava na briga como um caso isolado; antigamente, ninguém zombava dele; fora, durante anos, a figura mais respeitada do Jóquei, na velha Mooca; se isso acontecia, agora, era porque perdia o cartaz do passado, porque seus cavalos não faziam a mesma figura. "Tenho que mostrar a essa gente quem ainda sou", pensou, amargurado. "Pena que Cid Chaves não me ajude, quer vender o Marujo. Se ele deixasse o cavalo correr ao menos uma vez mais..." Mas Juca, no íntimo, preferia que Marujo corresse sob as cores do outro Stud, orientado por ele, mesmo a distância, para que sua vitória tivesse ainda maior relevo. Tudo, no entanto, não passava de sonho. Sabia que não encontraria comprador para Marujo, e o ex-rei da raia seria mandado para o haras, sem ao menos gozar das honras de reprodutor. Ia ser simplesmente aposentado, como falara Cid Chaves.

Andou alguns quarteirões a pé, sob uma noite cheia de estrelas, até chegar à sua pensão. Morava há alguns anos numa casa enorme, cheia de quartos, a mais ruidosa do quarteirão, devido ao grande número de famílias que lá residiam. Era uma colmeia repleta de crianças e mulheres grávidas, com um rádio em cada quarto e um lençol em cada janela.

— Boa noite, mestre Juca — cumprimentou-o dona Lindolfa, a dona da pensão.

— Boa noite! — respondeu o treinador, com um sorriso malicioso.

– Como foram as corridas?

Mestre Juca sempre sorria quando falava com ela. Dona Lindolfa era uma mulata clara, que se dizia viúva, famosa no bairro pelos seus amores. O velho lembrava-se naquele momento que, na noite anterior, vira um jovem imberbe, forte e cabeludo, saltando agilmente as janelas de seu quarto. Mas não comentara nada com ninguém, amigo que era da discrição. Não podia, porém, deixar de sorrir, ao vê-la, esquecendo por um momento as suas mágoas.

– Não foram lá muito boas para mim.

– Seus cavalos perderam?

– Um deles perdeu, justamente nosso melhor cavalo.

Dona Lindolfa fez um ar de pena, ela que pretendia entender e sentir todos os problemas de seus inquilinos. Mas ao mestre Juca dedicava uma atenção especial, porque todos o conheciam no bairro e porque seu nome costumava sair nos jornais. Para ela, ter um hóspede célebre era uma grande honra.

– Na próxima, o cavalo ganha.

Mestre Juca enterrou as mãos nos bolsos:

– Não haverá próxima.

Dona Lindolfa, notando o aborrecimento do velho, demonstrou uma formal curiosidade:

– Por quê, mestre Juca?

– É uma história comprida. Meu patrão quer aposentá-lo.

– É que ele precisa de descanso, não é isso?

– Acho que Marujo ainda pode papar prêmios. – E perguntou, num tom aparentemente jocoso, mas que indicava uma intenção séria: – O que me diz de comprar um cavalo, dona Lindolfa? Um cavalão bonito como só ele.

A mulata, endireitando os óculos distintos de tartaruga, soltou uma risada longa e gostosa.

– Eu, comprar um cavalo?

– Por que não? Aposto que tem o seu colchão cheinho de notas. A senhora é dessas que choram de barriga cheia – pilheriou.

– Não entendo de cavalos, mestre Juca.

– Mas eu entendo; trataria dele para a senhora, e de graça.

– Quanto pedem por esse cavalo? – ela quis saber, como se quisesse apenas manter a conversa.

– Por cem mil, menos, oitenta, ele seria seu.

– Mas para cuidar de um bicho desses é preciso dinheiro. Como devem comer, meu Deus!

Com uma ponta de entusiasmo, Juca sossegou-a:

– Eu me encarregaria da manutenção. Como treinador, não fica bem ter cavalos meus, mas se a senhora o comprasse, eu poria nele algum dinheirinho, sem pretender um tostão de prêmios que Marujo pudesse ganhar.

Dona Lindolfa riu de novo:

– Não é que o homem está falando a sério?

– Estou, sim. E saiba que estou lhe pondo nas mãos um bilhete de loteria premiado. Marujo ganharia na certa o Metropolitano, que é de um milhão.

A mulata sentia-se ligeiramente atraída pela proposta, mas tinha medo que Juca pudesse envolvê-la. Gostava de aventuras, mas noutro terreno.

– É um cavalo novinho, um potro? – ela perguntou, com um estranho frenesi.

Os dois se olharam, ele triste, porque sua frágil esperança ia se desfazer.

– Não, vai fazer sete.

– Então, é prudente não fecharmos negócio – disse ela, alegre, livre da tentação.

Juca viu naquele momento o molecote pulando a janela do quarto de dona Lindolfa. Ela só gostava de potros ágeis e fortes. A conversa estava terminada.

– Boa noite, dona Lindolfa.

O treinador seguiu por um corredor, ouvindo o choro de criança que vinha dos quartos e a música dos rádios. Estava com um pouco de raiva da dona da casa, que se desinteressara do Marujo só por causa de sua idade. Ah, ninguém compraria o cavalo! Tempo perdido procurar comprador. Desistia.

Abriu a porta de seu quarto, entrou e acendeu a luz. Era um quarto pequeno e com pouca mobília. Num guarda-roupa estavam os blusões e as roupas brancas de Juca. Num armário, ao lado, o que dona Lindolfa chamava "as suas papeladas" – os recortes de jornais que falavam dos seus ganhadores, através dos anos. Muitas noites, principalmente quando deprimido, relia os recortes todos, com a mais detida atenção, e recobrava sua confiança profissional. Já lera esses recortes mil vezes. Sobre a cama, o retrato de um cavalo: Quati, um dos ídolos do passado. Entre suas roupas havia uma garrafa de aguardente, que o velho desarrolhou, falando alto:

— Estou precisando de um bom gole. Ou de muitos goles.

A essa altura, bateram na porta.

— Posso entrar, mestre Juca?

— Entre, Tônio.

Um homem extremamente magro entrou no quarto. Tinha as feições de um doente, os olhos sem vida, rodeados de olheiras. Tônio morava também em casa de dona Lindolfa, donde quase nunca saía, a não ser para breves passeios. Há alguns anos contraíra tuberculose, o que o tornara um homem cheio de inibições e temores. Devia há muito entrar num sanatório, mas preferia continuar ali, naquela casa, já que a senhora permitia. Um dos seus raros amigos era mestre Juca, com quem costumava conversar antes de dormir.

— Voltou cedo hoje — disse a Juca.

O velhote tomou a sua aguardente e enxugou os lábios com a manga da blusa.

— Tive uma tarde infeliz — respondeu. — Marujo perdeu.

— Você está mesmo chateado, a gente nota isso.

— O pior é que briguei no bar. Um homem desta idade agindo como uma criança.

— Com quem brigou?

— Com um maldito jóquei.

Juca retirou do armário um maço de recortes e colocou-o sobre a mesa. Sentou-se e puxou uma cadeira para Tônio. Começou a rever os recortes, amarelados, uns incompletos, sob os olhares curiosos do amigo. Às vezes, demorava-se com um deles nas mãos.

— Veja este retrato, é o Marujo. — E leu, com ênfase: — "Marujo é o novo rei da raia paulista. Cinco corpos na frente de Clarão". Foi uma grande tarde, esta. Eu vinha preparando Marujo com carinho. Mas Cid Chaves não estava muito otimista. Clarão vencera o Governador do Estado e estava com cartaz. Cid chegou a mim e perguntou: "Acha que o nosso não vai fazer feio?". Eu conhecia o meu cavalo. Respondi: "Marujo vence o páreo. Está no último furo. Confie em mim, seu Cid". Logo que foi dada a saída, Clarão tomou a dianteira. Cruzaram o disco pela primeira vez, Clarão em primeiro e Marujo em terceiro. Continuei confiante. Na entrada da reta oposta, Marujo, em segundo, perseguia Clarão de perto. Só os dois estavam no páreo. Cid me contou que teve dores de estômago nessa hora. Eu, não. Sabia que Marujo arrancaria na entrada da reta. E foi o que aconteceu. Marujo passou por Clarão sem grande esforço e o resultado pintou na hora. Cinco corpos de luz, seu moço. Ganharia por dez, se o jóquei forçasse o cavalo.

– O cavalo que perdeu hoje? – indagou Tônio.

– Esse mesmo que perdeu hoje.

– Então, está liquidado?

Mestre Juca repetiu tudo que dissera a Gil. Marujo continuava a ser um grande cavalo. Fora pilotado displicentemente. Com outro jóquei teria vencido.

– É um monstro, esse Marujo.

– Quando vai correr de novo?

– Nunca mais: Cid Chaves quer mandá-lo para o haras. Mas eu gostaria de vendê-lo. Procuro um comprador para ele, alguém que tenha fé, como eu. O sujeito que comprar Marujo pode fazer fortuna.

Tônio ouvia-o, pensativo. Disse por fim:

– Juca, sabe que eu estou bom? Estou curado.

O treinador estranhou, pois Tônio nunca tocava nesse assunto.

– Está curado, Tônio? O médico disse?

– O médico não disse, mas eu sinto.

Juca pensou: "Ele não parece estar curado". De fato, Tônio não tinha no rosto nenhuma das cores da saúde. Continuava magro, chupado. A tosse seca era a mesma de todos aqueles anos! Mas afirmava que estava curado.

– Parabéns, Tônio.

– Todos pensavam que eu fosse desta vez, que tinha os meus dias contados, mas me curei. Penso agora em montar um negociozinho em qualquer lugar e ir tocando a vida.

– Que negócio?

– Uma pequena loja, um bazarzinho.

– Você tem dinheiro para isso, depois de todo esse tempo parado?

Tônio sorriu, dono de um segredo:

– Cento e vinte, mestre Juca. Cento e vinte mil cruzeiros que recebi da aposentadoria. Foi uma longa causa. Durante anos ia todas as semanas ao Instituto. Tive uma questão com o Estado, entendeu? Muitos diziam que eu não receberia um vintém. E não é que o Estado me paga? Quando eu já desistia, fui chamado e me deram cento e vinte abobrinhas. Enfiei o dinheiro todo nos bolsos e corri para cá com medo de ser assaltado. Durante uma semana nem saí de casa, para guardar o dinheiro. Tinha até esquecido de que existem os bancos – acrescentou sorrindo.

– Então, o governo pagou?

– Pagou, se pagou!

Juca considerou lentamente o amigo, com os olhos arregalados. Lá estava um homem que tinha cento e vinte mil cruzeiros, e que se mostrava inclinado a efetuar negócios.

– Por isso vai montar a loja?

– Vou, sim. Não sou o homem que era. Estou curado, você não nota isso, Juca?

– Noto, sim – respondeu o velho, insincero.

– O que preciso é de ânimo. Ganhar coragem de viver.

Juca voltou os olhos para os seus recortes. Não podia ficar muito tempo sem pensar nos seus cavalos:

– Este retrato foi tirado quando Marujo bateu o recorde dos mil e oitocentos metros. "Cai mais um recorde. Marujo. Sensação no Hipódromo".

Mestre Juca ficou lendo recortes para Tônio até às três da manhã, quando ouviram um ruído no corredor externo. Correram à janela em tempo de ver outro jovem peralta saltando do quarto de dona Lindolfa, a mulata de óculos.

4

Naquela semana, Cid Chaves apareceu na Vila Hípica para dar uma olhada em seus cavalos, e principalmente no Platino, o novo potro que adquirira para tentar vitórias na Tríplice Coroa, mas nada disse a Juca sobre Marujo. Dois dias depois, voltou à Hípica, com uma finalidade definida. Sem encarar o velho treinador, foi dizendo que no fim da próxima semana mandaria Marujo para o haras.

– Lá ele poderá acabar gostosamente os seus dias – comentou Cid Chaves.

– Para um cavalo deve ser melhor pastar e dormir do que ter que se preparar para as corridas – disse Juca. – Claro que gostará de se livrar dos treinos. Mas é um grande cavalo e ainda pode dar muito dinheiro.

– Você morre de amores por ele – brincou Cid Chaves. – Mas quero que também se apaixone pelo Platino, que tem toda a pinta de um craque. Tenho pra mim que vai ser uma grande surpresa nas carreiras para potros.

– Deixe-o por minha conta.

Cid quis ver outro cavalo, o Rumbero, que estava com uma das patas feridas. Era um cavalo muito bom, em preparo para o Metropolitano. Tinha esperanças nesse animal, a não ser que o ferimento se agravasse nos treinos.

– Eu o porei em forma – garantiu Juca. Não queria contrariar Cid Chaves em nada para conseguir dele o que pretendia quanto ao Marujo.

– Parece que aqui tudo vai bem – disse Cid. – Preciso ir embora. Patrícia me espera, e esperar é coisa que a enlouquece. Trate bem do Platino, Juca.

– É um bravo potro, vai fazer carreira.

– Também penso assim. Não tenho tido muitos melhores do que ele.

– A não ser Marujo, quando era potro.

– Marujo era de fato excelente.

Cid Chaves deu mais uma olhada para Rumbero e deixou a cocheira. Logo adiante estava o seu Cadillac, que o levaria à cidade.

– Nenhuma novidade mais? – perguntou.

– Sim, tinha um assunto para tratar com o senhor – declarou Juca. – Gostaria que me dispensasse alguns momentos.

– Sobre o quê?

– Sobre Marujo. Sei que o senhor o considera um caso liquidado e é bom que acabemos de uma vez com ele. É o seguinte: tenho um comprador.

Cid sorriu, surpreso. Que louco tencionava comprar aquele cavalo velho e batido?

– Ótimo! Conheço o pretendente?

– Não.

– Algum turfista do interior, por acaso? Gente de Campinas?

– Um amigo meu. Não frequenta o Jóquei.

– E ele está interessado no Marujo?

– Está, sim.

– Ou foi você quem conseguiu interessá-lo com seu fervor?

– Mais ou menos.

Cid lançou um olhar de curiosidade para o velho treinador. Admirava-lhe a fibra e a capacidade de acreditar nas coisas em que ninguém mais acreditava.

– Quer minha autorização para vendê-lo? Já a tem. Se Marujo prestasse para a reprodução, não o venderia. Mas já que não, vendo-o.

– Muito obrigado, doutor. Faço questão de servir esse amigo.

– Servir... – murmurou o patrão, irônico.
– Servi-lo, sim.
– Quanto acha que o nosso Marujo vale?
– Não sou a pessoa indicada para avaliar um cavalo em dinheiro. Já valeu mais de um milhão, creio. Hoje deve valer menos de cem. Não sei quanto pedir por ele. O que sei é que esse meu amigo não é rico.

Cid Chaves refletiu rapidamente:
– Peça quanto quiser, eu garanto que não reclamarei depois.
– Certo.

Cid Chaves deu alguns passos na direção de seu Cadillac, e parou, voltando-se para Juca:
– Dê minhas felicitações a esse seu amigo.

Quando Cid desapareceu, Juca pôs-se a lembrar da conversa que havia tido com Tônio. Seu pobre amigo estava mesmo disposto a comprar o cavalo no lugar de abrir a lojinha. Ouvira tudo que Juca lhe dissera, prestara atenção nos recortes, e embora nada entendesse de turfe, tomara uma decisão importante. Arriscaria tudo nas patas do animal. Era melhor ter um milhão do que cem mil. "Mas você pensou bem no que vai fazer?", Juca perguntara-lhe. Tônio respondera firme: "Se um homem vencido, como eu, se levanta, um cavalo pode fazer o mesmo". O velho não entendeu bem aquela associação entre um homem doente e um cavalo velho, e acabou aceitando o comprador. Mas, se por acaso aparecesse outro, o que era difícil, romperia o negócio com Tônio para que seu dinheiro ficasse no seguro. Era muita responsabilidade passar às mãos de Cid Chaves o dinheiro de uma criatura infeliz. E se o cavalo perdesse?

Aquela tarde, voltou ao bar. Gil estava lá.
– Juca, me pague uma cerveja.
– Pago.

Sentaram-se os dois.
– Por que não arranja um emprego? – perguntou-lhe Juca.
– Como não posso ser jóquei não quero ser mais nada. Já tentei trabalhar, mas não consigo. As horas não passam, fico olhando para o relógio o dia todo. Acho que odeio o trabalho.
– Seus irmãos não são assim.

— De fato, não são.
— Por que não toma rumo?
— Penso que ainda acabo bandido.
— Gostaria de passar todos os dias na cadeia?
— Entenda, Juca. Quero ser rico. Invejo todos os ricos. E o trabalho não dá fortuna.
— Você acaba se encaminhando mal.

Gil tinha uma sugestão a fazer:
— Juca, será que Cid Chaves não me vende aquele cavalo a crédito?
— Marujo não é nenhum terno do Mappin. A crédito, não.
— Já arranjou algum comprador?
— Tenho um amigo interessado. É um rapaz doente, e só por isso ainda não fechei o negócio. Os doentes não devem ter emoções fortes.
— É uma pena que eu não tenha dinheiro — lamentou Gil. — Se tivesse, você sabe que o cavalo seria meu. Você é capaz de fazer ele vencer qualquer prêmio.
— Confia tanto assim em mim?
— Confio.
— Obrigado, isso está se tornando raro.
— Bobagem! Muita gente ainda acredita em você.

Juca tocou o braço de Gil com seus dedos endurecidos de velho. Olhou-o. Suas pálpebras tremiam. Tinha uma pergunta muito íntima a fazer.
— Conte-me o que dizem de mim por aí.
— Dizem que você é turuna — respondeu Gil imediatamente.
— Não é verdade.
— Verdade, sim. Chamam-no respeitosamente de mestre. O único mestre do Hipódromo.
— Falam por troça — comentou Juca.
— Você é muito respeitado.

Juca sacudiu a cabeça:
— Sei de toda a verdade. Dizem que o meu tempo já passou e que estou ficando caduco. Sinto isso quando falo no meu Marujo. Acham que só um velho caduco pode acreditar ainda nesse animal.

— Nunca ouvi isso — jurou o rapaz.

— Esse é o fato: julgam que estou acabado. Gente que não tem a décima parte da minha experiência me vê como se eu fosse um principiante. Citam até uma porção de livros estrangeiros, tudo para me confundir, entendeu? Mas se eles têm a teoria, eu tenho a prática.

— Você é o melhor treinador deste prado.

— Antigamente, diziam que eu era o melhor do país.

— Sim, o melhor do país — corrigiu Gil.

— Apesar disso, ninguém quer saber do Marujo. Acho que nem de graça o aceitariam.

— Insista com Cid Chaves. Ele deixa o cavalo correr de novo.

— É justamente o que não quero. Cid Chaves vai inscrever o Rumbero, e eu gostaria de ver o Marujo vencê-lo, correndo para outro proprietário.

Gil riu.

— Ele ficaria por conta com você.

— Oh, não, conheço Cid Chaves. Seria apenas uma pilhéria que poria todos de bom humor.

— Cid Chaves inclusive?

— Ele até gosta quando provo que estou certo. É um homem sem rancores.

Gil ficou um minuto em silêncio, com pena do Juca:

— Acha então que ninguém comprará o Marujo?

Um conhecido de Juca, antigo frequentador do bar, aproximou-se da mesa:

— Alô, Juca, alguma barbada para domingo?

Muita gente ainda acreditava nos palpites do velhote. Ele costumava dizer que não poucos haviam enriquecido graças às suas sugestões. Ali ao seu lado estava alguém que confiava nele.

— Vai haver um estouro, domingo: Cristal.

O outro fez um ar de incredulidade!

— Não brinque, Juca. É o azarão da turma.

— Eu sei disso.

— O favorito é Anjo Negro.

— Vai dar banho.

— Posso arriscar em Cristal?

– Acha que sou homem para brincadeiras?

O outro se afastou.

– Você quer enganar ele? – perguntou Gil.

– Por que pergunta? Cristal vence.

Gil pensou numa acumulada, incluindo Cristal.

– Quanto acha que Cristal pagará?

– Mais de duzentos.

O rapaz se pôs a fazer cálculos. Começava a ter uma ideia, uma de suas terríveis ideias. Precisava arranjar bastante dinheiro. Nada de aposta micha. Jogar pesado como faziam os verdadeiros apostadores.

– O que você tem na cabeça? – perguntou mestre Juca.

– Pensava em Cristal.

– Arrisque umas pulezinhas.

– É o que vou fazer.

– Eh! Onde vai? Não quer mais a cerveja?

Gil não ouviu. Saía do bar a toda pressa, rumo ao apartamento de Valentina. Precisava pôr sua ideia em funcionamento.

5

Visitar Valentina era para Gil uma emoção sempre nova. Somente se aborrecia quando era obrigado a esperar que suas visitas saíssem, aqueles misteriosos cavalheiros que gostavam de entrar e sair do apartamento sem serem notados. Outras vezes acontecia de Valentina estar esperando alguém, com hora marcada, e então pouca atenção podia dar ao rapaz e aos seus arroubos românticos. Despedia-o logo, até mesmo com rispidez. Era uma moça alegre, amiga de longas conversas, mas por nada deste mundo punha seus negócios em segundo plano. Sozinha no mundo, tinha que defender-se por si própria, e encarava sua profissão com naturalidade, sem esperar ou desejar o perdão do mundo. Apesar da vida que levava, não tinha amigos. Só duas pessoas a visitavam com frequência: Gil e um cavalheiro idoso que sempre levava uma pasta debaixo do braço.

– Você tem tempo para me receber? – perguntou.

– Não fique aí parado na porta! – ela disse. – Entre e fique quietinho. Vou preparar um refresco. Quer uva ou abacaxi?

– Abacaxi.

Gil encontrara-a de bom humor, e isso o animava. Era bem possível que ela lhe emprestasse o dinheiro, a sua boa Valentina.

A moça voltou com dois copos de refresco numa bandeja.

– Não está muito gelado, mas serve.

– Você é a melhor pequena deste mundo!

— Pequena, eu? Me chame de tia Valentina.

— As tias sempre são velhas e feias — respondeu o rapaz. — Você é minha noiva.

— Ah, já havia me esquecido disso: sou sua noiva.

— Algum dia destes lhe dou um presente de noivado. Ainda ontem entrei numa loja e fiquei olhando umas bugigangas. Mas nenhuma me pareceu boa para você. Tenho que procurar uma coisa que sirva de verdade.

— Não quero presentes.

— Por quê? Não quer uma lembrancinha minha?

— Você não está em condições de fazer gastos.

— Lhe darei um presente, mesmo contra a sua vontade.

— Não aceito.

— Então, jogo o presente no chão e caio fora. Você terá que ficar com ele.

— Está certo, fico com o presente para não discutirmos mais.

Gil refletiu um pouco:

— Ainda não sei o que vou lhe dar. Vi um porta-joias muito bonito, mas não tinha dinheiro na ocasião. Era desses que tocam música. É isso mesmo: vou lhe dar o porta-joias.

— Que música ele toca?

— Não me lembro, mas era uma música muito fina.

— Você tem gosto delicado, Gil. Quer mais refresco?

— Não.

— Tenho um litro de vermute. Tome um cálice. É estrangeiro.

— Você comprou o vermute? — quis saber Gil, desconfiado.

— Ganhei o litro.

— Quem foi que deu?

— Alguém cujo nome não lhe interessa.

— O mesmo que deu a vitrola?

— Não me lembro.

Gil segurou-lhe a mão, trêmulo.

— Diga: foi o mesmo?

— Foi.

— Não é um sujeito gordo e careca que eu vi saindo daqui outro dia?

— Pode ser, mas eu tenho muitos amigos gordos e carecas. Só um deles tem cabelo, mas parece que está caindo – respondeu Valentina, fazendo graça.

— Você não respondeu: há um gordo e careca que vem sempre aqui. Às vezes, traz uma pasta debaixo do braço, e tem um ar de gente importante. Usa óculos.

— Um homem feio?

— Medonho.

— Então é esse mesmo – confirmou Valentina.

— O que ele quer com você?

— Quer me dar um palácio com uma porção de criados e também dois automóveis. Vai o vermute?

— Não quero.

— Por que ficou zangado? Não gosto de ver você zangado. O homem gordo e careca que traz pasta debaixo do braço e usa óculos é uma criatura muito bondosa e me estima tanto quanto você.

Gil encabulou.

— Como é o nome dele?

— Bertoldo.

— Bertoldo? É um nome ridículo.

— É mesmo: o seu nome, Gil, é muito mais bonito.

— Querida, não quero que você goste de ninguém que tenha um nome tão feio. Eu já desconfiava que aquele homem tinha um nome assim.

— Pois fique sabendo que ele não se chama Bertoldo. O que lhe adianta saber o seu nome?

— Ele não vem todos os dias, não é?

— É um homem de negócios – disse Valentina, com ênfase.

Ah, os homens de negócio! Como Gil os odiava. Estavam em todos os lugares, como donos de tudo, conduzindo as coisas com suas próprias mãos, senhores absolutos dos próprios destinos. Gordos ou não, só existiam no mundo para atrapalhar os outros. Cid Chaves era o único homem de negócios que tinha um aspecto mais humano.

— Gostaria de vê-lo morto – confessou Gil, sombrio.

— Se você matá-lo, brigo com você – respondeu Valentina, a divertir-se.

— Você o ama? Diga.
— Amo.
— Não acredito, Valentina. Ele pode ser rico e querer lhe dar um palácio, mas você não pode gostar dele. Você disse uma vez que gosta de mim e é muito feio voltar atrás.

Valentina acendeu um cigarro, considerando o rapaz em silêncio. Estava séria.

— Quando você diz que me ama, fala a verdade?
— Puxa, se falo!
— Jura?
— Juro por quem você quiser.
— E não tem vergonha de gostar de uma mulher da minha idade, havendo tanto brotinho por aí?
— Os brotinhos não me interessam, e você não é velha. Para mim, é nova como o Platino, novinho em folha.
— Quem é esse Platino?
— Um potro.
— Bonito! Me ama e me compara com um cavalo.
— Mas é o cavalo mais bonito do Prado e o mais novo também.
— Você adora cavalos e mulheres, não é?
— Cavalos, sim. Mulheres, só você.

Valentina soprou longe a fumaça azul do cigarro.

— Você é meio doido, mas é muito bonzinho. Gostaria que você fosse mais velho — disse, para logo corrigir: — Não, não. Prefiro que você seja moço como é. Se você fosse mais velho, não seria assim, tão bom. A idade piora a gente.
— Veja, por exemplo, o tal homem gordo e careca, da pasta debaixo do braço. A idade deve tê-lo piorado muito.
— Não fale mal dele — zangou-se Valentina.

Gil desafiou-a:

— Falo quanto quero.
— Está certo, fale. Lhe dou licença — disse ela, vendo que era inútil discutir.
— Não quero me preocupar com ele — resolveu o rapaz. — Não falemos mais do tal homem.

Gil ligou o rádio da cabeceira e os sons de um samba-canção invadiram suavemente a sala. A música criava um clima de romantismo, e ele gostava disso. Mas não estava lá para falar de amor. Seu objetivo era outro. Acordou.

— Valentina, você gosta de mim? Se gosta, terá de me prestar um favor.

— Presto.

— Estou com vergonha de pedir — ele declarou, com falso pudor.

— Não tenha vergonha, peça.

— É sobre um assunto chato.

— Sou sua amiga, não sou?

— Quero que me empreste três mil cruzeiros.

— Para que quer o dinheiro?

— Um jóquei, amigo meu, quebrou a perna e está precisando — mentiu.

— Não existe nenhum jóquei no mundo que tenha menos dinheiro do que você. Conte a verdade.

— Está certo, conto. Preciso fazer a operação das amígdalas. O médico cobra três mil e ninguém em casa tem dinheiro. Tive vergonha de lhe dizer isso.

— Você tem as amígdalas infeccionadas?

— Se tenho!

— Doem muito?

— Você nem pode imaginar, querida. Parece que tenho um tumor na garganta.

Ela ficou comovida:

— Abra a boca, me deixa ver.

Gil abriu uma enorme boca, contra a luz.

— Está vendo?

— Diga "ah".

— Ah...

— Outra vez!

— Ah...

— Você tem umas amígdalas enormes, meu amor. Coitado!

— Isso é horrível.

Ela acariciou-lhe o pescoço.

— Você deve sofrer tanto!

— Mas a operação vai me pôr bom de novo — disse ele, heroico. — Vou até engordar. Já que não posso ser jóquei, que engorde de uma vez.

49

Ela sorriu, enternecida:
— Você vai ficar gordinho depois da operação?
— Se vou!
— Coitadinho!
— Você me dá o dinheiro?
— Não se preocupe, meu amor — disse Valentina, beijando-o no rosto. — Eu trato disso.
— Você é um anjo.
— Nem tanto, Gil. Tenho os meus pecados.
— Acha que três mil cruzeiros bastam? — perguntou Gil.
— Já lhe disse para não se preocupar com dinheiro.
— Mas eu preciso operar logo, senão posso morrer.
Valentina deu-lhe razão:
— Precisa operar logo, sim. Amanhã mesmo irá para o hospital. Tenho um amigo que é médico-operador e ele vai extrair suas amígdalas. Vou telefonar para ele agora mesmo. Sou boazinha, não?
Gil assustou-se: não contava com aquela.
— Valentina!
Ela apanhou o telefone.
— O que é, querido?
— Não é preciso falar com o médico.
— Preciso, sim. Quero que ele faça um bom serviço. Não se preocupe, não vai doer.
Gil avançou sobre ela e desligou o telefone.
— Por que fez isso? — ela perguntou. — Você precisa dar um jeito nessas amígdalas.
— Você está brincando comigo — disse Gil.
— Brincando? Que Deus me castigue.
— Não preciso de operação nenhuma — confessou ele, vencido.
— Por que quer o dinheiro, então?
— Para fazer um jogo. Cristal vai estourar domingo.
— E é preciso arriscar logo três mil cruzeiros?
— Sim, porque preciso de uma bolada para comprar o Marujo.
— Você é um doido!
— Valentina, entenda...

– Ouça-me um pouco – implorou, pensando em ajoelhar-se.
– Um crianção!
– Mas eu preciso comprar o Marujo, preciso. É a coisa que mais quero no mundo, depois de você. E só tendo ele é que será minha. Só com ele poderei expulsar o maldito sujeito gordo e careca.

Valentina atirou seu cigarro no cinzeiro, tomando uma decisão. Tinha o olhar muito grave. Gil nunca a vira assim.

– Muito bem, eu lhe dou o dinheiro.
– Sabia que você era camarada.
– Não tenho três, dou dois mil e quinhentos.
– Serve!
– Mas com uma condição.
– Aceito qualquer coisa.
– Que não apareça mais aqui.

Gil espantou-se:
– O que disse?

Valentina levantou-se, abriu a gaveta do criado-mudo e tirou dele duas notas de mil e uma de quinhentos. Enfiou-as na mão trêmula de Gil.

– Segure isso e vá embora.
– Que negócio é esse?
– Apanhe o dinheiro e suma para sempre.

Gil estava pálido:
– Não posso voltar amanhã?
– Nem manhã nem nunca.
– Valentina, você precisa me deixar voltar.
– Não.
– Eu não posso viver sem você.
– Você não passa de um interesseiro. Ponha o dinheiro no bolso e desapareça para sempre.

Gil abriu a mão, dolorosamente, e fez as notas amassadas caírem sobre o criado-mudo. Estava terrivelmente abatido e nas vésperas do choro. Tivera o dinheiro nas mãos e perdera-o

– Não quer levar? – perguntou Valentina, surpresa.
– Não.

Ela guardou o dinheiro na gaveta.
– Melhor assim.

Gil teria que dar outro jeito. Dirigiu-se para a porta. Antes de sair, deteve-se e perguntou:

– Você não está zangada comigo, não é?

Valentina fez que não, feliz. Quando se viu só, sentou-se na cama, olhando fixamente a porta, com um ar maravilhado. Não tinha mais dúvidas: aquele rapazinho a amava verdadeiramente.

6

Gil nunca se sentia à vontade diante de sua irmã Ernesta. Era uma mulher dura e seca, e mesmo o seu rosto enxuto era cheio de ângulos duros e secos. A mais velha da família ajudara a educar seus três irmãos, substituindo os pais, mortos logo após o nascimento de Gil, o caçula. Com seus quarenta anos, Ernesta há quase vinte arcava com o peso de enormes responsabilidades familiares. Graças à sua fibra, pusera no bom caminho seu irmão Celso, que estudava Medicina, e Antônio, que tinha um belo emprego e estava noivo oficial. Somente fracassara no que dizia respeito a Gil. Mas tinha ainda esperanças de corrigi-lo, se continuasse sempre hostil e severa para com ele.

Gil foi encontrá-la diante da máquina de costura. Ela nunca ficava parada dentro de casa. Quando terminava as tarefas da cozinha e do tanque, costurava. Acionando o pedal da máquina, com os olhos fixos na agulha que subia e descia, parecia um autômato, uma criatura desumanizada pelo excesso de trabalho, que lhe enrijecera até a alma.

– Alô! – cumprimentou-a Gil, querendo mostrar-se jovial.

Ela ergueu a cabeça, sem responder ao cumprimento. Continuou a costurar.

Gil olhou para a peça de roupa que ela costurava, como se apreciasse o serviço. Pensou em elogiar seus dotes domésticos de costureira, mas não soube como. O que queria era um assunto como prólogo ao pedido de dinheiro.

— Acabo de ver um desastre de automóvel — mentiu.

Ernesta nada disse.

— Um desastre muito feio — ele prosseguiu. — O motorista ficou imprensado. Precisava ver quanto sangue. Morreu na hora. Devia ser casado, o coitado.

— Por onde você tem andado? — ela perguntou, afinal.

— Fui à cidade.

— Não esteve no Prado, metido com aqueles vagabundos?

— Por favor, nem quero ouvir mais falar naquela gente — ele disse, como se estivesse num confessionário. — No começo gostava do pessoal. Conheci boas pessoas ali. Mestre Juca é uma delas. Um homem direito. Imagine que lida com cavalos há quase quarenta anos e nunca apostou um tostão. Mas a maioria não vale nada. Não quero mais perder tempo com cavalos.

Ernesta, de vez em quando, lançava-lhe uns olhares cheios de desconfiança. Conhecia a habilidade do irmão na mentira e não se deixava enganar mais.

— A gente muda muito — prosseguiu Gil, loquaz. — Ainda outro dia eu me sentia como uma criança. Tinha pensamentos de criança, mas começo a pensar na vida mais a sério. Sem dinheiro ninguém faz nada neste mundo.

— Você precisa voltar para a escola — disse Ernesta.

— Acha que é necessário?

— Decerto! O que você quer ser na vida? Carregador, marmiteiro, varredor?

Ela falou seriamente, mas ele sorriu para mostrar que tinha ideais mais elevados. Precisava jogar com muita precisão para levar a melhor. Ganhar terreno aos poucos.

— Meu sonho é ser corretor — disse ele.

— Corretor de quê?

— Bem, isso não sei, mas quero vender. Nasci para vender coisas. Carros, por exemplo.

— Não me parece uma profissão muito segura.

— Você se engana, Ernesta. Lembra-se daquele rapaz que morava aqui ao lado, o Lino? Pois é, o rapaz se dedicou a vender automóveis e dizem que ficou rico. É uma pessoa importante agora.

— Você tem que estudar — insistiu Ernesta.

– O saber não faz mal a ninguém – concordou Gil.
– Por que não volta à escola?
– Estou pensando nisso.
– Mas se você for expulso de novo, aí eu largo mão. Você já me deu trabalho demais. Outra não teria aguentado. Nem mamãe que está no céu. E tudo para quê? Para seu bem. Não quero vê-lo feito um vagabundo por aí, como essa gente que você gosta. Penso no seu futuro. Mas já não como antes. Se você aprontar mais uma boa, eu o ponho na rua. Não o deixo envergonhar o nome da família.
– Nunca farei isso, mana.
– Mas já fez muitas vezes. Quando foi expulso da escola e quando a polícia o apanhou fumando maconha.
– Quanto à escola, eu não tive muita culpa. A professora me perseguia.
– Mas era preciso bater nela?
– Foi num momento de nervosismo. Depois me arrependi, embora ainda ache ela a pior mulher do mundo.
– O que você fez foi imperdoável.
– Estou arrependido. Gostava até muito de Geografia – disse, observando a irmã. – Não há nada mais bonito do que Geografia.
Ernesta propôs:
– Se quiser, faço um sacrifício e você volta para a escola.
– Não, mana, não quero que faça sacrifício por mim. Já lhe dei muito trabalho.
– Não quer estudar, então?
– Quero, sim, mas eu mesmo faço questão de pagar meus estudos – disse solenemente.
– Pretende trabalhar?
– Estou decidido.
– Muito bem, Gil. O que tenciona fazer?
– Andei sondando um escritório lá na cidade. É uma casa que vende rádios e geladeiras. Firma importante. Tem um nome inglês, não me lembro qual é. Estão precisando de um rapaz para praticar no escritório.
– Já falou com o chefe?
– Falei com o subchefe. Bom homem. Perdeu um braço na guerra, mas mesmo assim é divertido.

– Como ele se chama?
– Alan Ladd.
– Não é o nome de um artista de cinema?

Gil tratou de corrigir a rata. A coisa caminhava tão bem que se dera o luxo de zombar da irmã.

– Não, não é Alan, mas é Ladd. Qualquer coisa Ladd, é americano ou inglês, não sei.

– Qual é o horário do trabalho? – ela quis saber.

– Das duas às sete, de modo que posso estudar de manhã. Do contrário eu não aceitava o emprego.

– Falaram em ordenado?

– Para começar, dois mil e quinhentos cruzeiros. Mas é emprego de carreira. Esse tal Ladd começou por baixo, na terra dele, e hoje é subchefe.

– Como foi mesmo que ele perdeu o braço?

– Que braço?

– Você não disse que ele não tem um braço?

– Foi na guerra! – lembrou-se Gil, num instante. – Mas, mesmo assim, guia automóvel, joga bola ao cesto e escreve à máquina. Ele me estimulou.

– Quando vai começar? – quis saber Ernesta.

– Assim que tiver uma boa roupa para me apresentar – disse Gil. – Os funcionários de lá se vestem muito bem. Parece que estão sempre indo para um baile. E quem aparecer malvestido vai para o olho da rua.

– Vou reformar um terno do Celso para você – prometeu Ernesta.

– Reformar um terno? – espantou-se o rapaz.

– E por que não? Ele tem o seu corpo.

– Não, o Celso é meio corcunda, e eu não.

– Ele tem um corpo até muito direito. É só encurtar um pouco o paletó.

– Não, Ernesta, assim não. Quero ir lá com um terno novo, bem vistoso. Se alguém disser que o defunto era maior, vou dar a bronca e estraga tudo.

Ernesta refletiu um pouco:

– Está certo. Compraremos um terno a prestação. Com duzentos cruzeiros por mês, a gente resolve o problema.

Gil não podia concordar:

— É outra coisa de que não gosto: roupa feita. Quero um terno sob medida.

— Quem lhe pôs essas manias de grandeza na cabeça?

— Nunca tive um terno sob medida. Quero um, agora.

Ernesta encontrou uma solução que lhe parecia boa:

— Vá procurar seu tio Jonas. Ele é alfaiate e fará um terno sob medida sem cobrar o feitio. O pano eu arranjo.

Gil não sabia como sair dessa. Mas forçou uma escapatória, precipitadamente:

— Detesto o corte de tio Jonas.

— Você não entende de cortes.

— Entendo, sim.

— Vá procurar tio Jonas. Ele faz o terno.

— Não, Ernesta, me dê três mil cruzeiros e eu mando fazer o terno num alfaiate do meu agrado.

— Três mil cruzeiros?

— É quanto custa um bom terno, agora.

Ernesta olhou-o, mais desconfiada do que nunca:

— Isto está me cheirando a tapeação. Você puxou toda essa conversa para pedir dinheiro. Pois vou desiludi-lo já: você não verá um tostão meu sequer.

— Seja camarada, Ernesta. Eu sou moço e devo ter os meus luxos.

— Me deixe trabalhar. Vá embora.

— Se me der o dinheiro, volto para a escola – ele prometeu. – Peço desculpas àquela maldita professora. Faço o que você quiser.

— Não! – ela bradou.

Gil baixou a cabeça, desolado;

— Se eu me tornar um bandido, a culpa será sua – disse.

— Não me aborreça!

— Vou voltar para a cidade – avisou. – Direi ao senhor Ladd que não posso aceitar o emprego porque minha irmã é uma miserável e não quer me dar o dinheiro para comprar uma roupa decente. Nem quero saber o que ele vai pensar de você – concluiu, amargurado.

7

Platino era um belo *two-years*, castanho-escuro, com excelentes membros locomotores e uma disposição enorme para correr pela pista. Polegar tinha que contê-lo para evitar que se arremessasse contra a cerca, como já fizera uma vez. Sua vivacidade refletia uma ótima saúde, mas estava na idade de ser disciplinado. Todo o cuidado seria pouco para que não tomasse muita independência. Um cavalo, assim como um homem, precisa gozar de uma liberdade dosada do começo da vida, sempre sob controle. Juca precisaria pô-lo no último furo por ocasião da Tríplice Coroa, quando os melhores potros e potrancas do país participam das grandes provas.

O treinador fez um sinal ao jóquei, e ele conteve o potro, veio galopando em ritmo lento até às proximidades da cerca.

– O que acha dele? – perguntou um cronista turfístico que assistia aos treinos.

– Ainda está em fase de preparo – respondeu Juca, que adorava conversar com os jornalistas.

– Posso dizer que será barbada no Derbi?

– É um pouco cedo para se fazer tal afirmação – ponderou o treinador. – Dentro de dois meses eu me pronunciarei, e o que disser você poderá escrever.

Polegar desceu do Platino e o foi puxando em direção da cocheira. Não conversava com Juca desde o desagradável incidente no bar, e este não tomava conhecimento da presença do jóquei.

Satisfeito com o treino de Platino, Juca tratou de dar uma olhadela nos outros animais. Ali estava o malhado Sereno, que já vencera alguns páreos, e batera inclusive Lady Ann, a ganhadora do clássico Diana que apontava a melhor égua do Estado. Sereno, com seus três anos e meio, prometia muito. Mas evidentemente não era, nem jamais seria, um craque. Na cocheira ao lado, o fragilíssimo Bambi, que decepcionara no Derbi do ano anterior, e que tinha uma perna avariada. Noutra cocheira, o majestoso Rumbero, de sangue argentino, uma verdadeira maravilha nos páreos de pequena distância e também muito bom na pista molhada. Mais adiante, comendo feno, via-se Araxá, um cavalo misterioso que, às vezes, dava para correr como um raio e noutras empacava logo na saída. Esses espaçados estouros fizeram o público, em mais de uma ocasião, duvidar da honestidade de Cid Chaves, o que fora bastante injusto. Ninguém sabia quando Araxá realmente queria correr; seus estouros eram uma surpresa inclusive para seu dono. Na última cocheira da fila estava Marujo, de todos o mais vistoso e empolado. Poucos cavalos, em toda a Vila Hípica, tinham porte comparável ao seu. Sempre que o olhava, Juca empolgava-se.

— Então é esse o cavalo? — indagou uma voz ansiosa atrás dele.

Era Tônio embrulhado num casaco e com um cachecol xadrez ao redor do pescoço. Apesar do frio da manhã, ousaria sair de casa. Não estava menos abatido que das outras vezes em que Juca o vira, mas seus olhos tinham um brilho novo.

— Você por aqui, Tônio?

— Quis ver o bicho — respondeu. — Não podia imaginar que era tão bonito.

— Eu lhe havia dito isso, não?

— Sonhei com ele esta noite.

— Sonhou com o cavalo? — admirou-se Juca.

— Sonhei, sim.

— Eu também sonho com cavalos, mas é porque vivo entre eles. Você, não.

Tônio aproximou-se da portinhola da cocheira e estendeu a mão, tentando alcançar o focinho de Marujo, num gesto delicado.

— É um bicho enorme, deve ter mais força do que um touro.

Mestre Juca sorriu; gostava que elogiassem o seu cavalo. Afinal, não era só ele que o admirava.

– Tem uma musculatura esplêndida – concordou.

– Acha que ele pode mesmo vencer o Metropolitano? – perguntou Tônio à queima-roupa.

O velhote sacudiu a cabeça afirmativamente.

– Não conheço outro cavalo que possa vencê-lo.

Tônio arriscou uma tímida pergunta:

– E se vier algum craque do Rio?

– É capaz que venham Algarve e Honolulu, mas esses não têm pernas para o Marujo. A criação paulista é muito melhor. E nesse páreo os argentinos não correrão: e só para nacionais.

– Ganha na certa? – insistiu Tônio.

– Apostaria minha mão direita – disse o treinador, endereçando ao cavalo um olhar confiante. – Mas Cid Chaves vai aposentá-lo. Ele não correrá.

Trêmulo, Tônio tocou o braço de Juca.

– Ele correrá, sim. Eu compro o bicho.

Mestre Juca ficou rígido. Quis ouvir de novo.

– O quê?

– Compro ele – reafirmou Tônio. – Já lhe disse que tenho o dinheiro. Estava com medo de arriscar. Não entendo nada de turfe. Mas pensei bem e resolvi fazer a compra. Posso lhe dar o dinheiro quando quiser.

Mestre Juca virou-se de costas para a cocheira e foi andando para a frente, a passos lerdos, pensativo. Estava numa situação muito delicada, num momento de tomar decisões. Tônio acompanhou-o com ar ansioso. Esperava ardentemente pelas palavras do amigo.

– Quer mesmo comprar o Marujo? – perguntou Juca, afinal.

– Você me convenceu disso.

O velhote parou diante de uma cerca, acendendo um cigarro. Olhava a distância. Vender Marujo era o seu sonho, mas agora que aparecera o comprador, algo acontecia dentro dele.

– Você precisará do dinheiro – disse.

– Não estou mais doente – repeliu Tônio.

– Você não deve arriscar – aconselhou Juca, paternalmente.

Tônio não entendia a mudança de atitude de Juca. Há dias que ele o vinha convencendo da compra.

– Entro com o dinheiro já.

A resolução de Juca veio, afinal:

– Não quero o dinheiro. Deixemos o Marujo seguir o seu destino. Vai para o haras.

– Mas você disse que ele ainda pode vencer! – exclamou Tônio, quase agressivo.

– Outros cavalos ainda bons foram para o haras.

– Não estamos falando dos outros, estamos falando de Marujo.

– Cid Chaves já decidiu o seu destino.

– Não acredita que eu tenho o dinheiro?

– Sei que você tem.

– E não quer ele? – espantou-se Tônio.

– Não.

Tônio nunca se ofendera tanto:

– Você não quer por causa da minha doença. Tem pena de mim e não quer assumir responsabilidades. Mas fique sabendo que eu não tenho medo algum de arriscar.

– Sei que não tem medo.

– E então, por que não quer me vender?

– Prefiro vender para um estranho – respondeu mestre Juca. – No caso de um desastre, eu não ficaria com um peso na consciência. Esqueça o caso, Tônio.

– Eu vim correndo para comprar, com medo de que já o tivesse vendido.

– Sinto muito, Tônio – disse Juca, e sem despedir-se dele, marchou apressadamente em direção à pista, sentindo um denso mal-estar.

8

*E*ra sábado de manhã e Gil tomou o rumo da Vila Hípica, ainda pensando numa forma de arranjar dinheiro para arriscar em Cristal. Há pouco, ao passar diante da loja de seu Isaac, o bandido do judeu que ele odiava sem saber por quê, tivera uma ideia bastante pecaminosa: roubar a loja. Decerto não seria um assalto como os desses rapazes que se reúnem para roubar e até usam armas. Se fosse como eles, já teria ingressado no bando de Gigue, poderia ser comparsa de Jorginho, aos quais fora apresentado para manter "entendimentos". Jorginho quis que Gil a princípio desse algumas informações sobre os hábitos dos moradores dos bairros; bastaria isso para ter a sua parte no fruto dos roubos. Depois, se desejasse, poderia entrar de fato para o bando. Gil não quis conversa; detestava ser subordinado a outros e achava que não seria daquela forma que venceria na vida. No seu entender, os ladrões também não passavam de otários. O mesmo não pensava dos que falsificam assinaturas, serviço muito mais fino. O que pretendia fazer na loja de seu Isaac não seria propriamente um assalto. Nunca ninguém o veria com uma arma nas mãos. Com um sorriso lembrou que seu Isaac costumava ficar dormindo, atrás do balcão, depois do almoço. Como cochilava fácil! Nesse momento Gil poderia entrar pé ante pé, apanhar um daqueles liquidificadores que ficavam logo na entrada da loja e cair fora. E assim teria dinheiro para arriscar em Cristal.

Gil foi encontrar mestre Juca apoiado na cerca da pista.
— O que faz aqui, garoto?
— Vim ver os aprontos.

Gil conhecia bem o íntimo do velho; sentiu que algo não estava certo com ele. Juca não devia estar muito satisfeito com alguma coisa que acontecera.

— Onde está Cristal?
— É aquele todo branco.
— Bonito cavalo!
— O mais bonito da turma, embora o favorito seja Anjo Negro.

Naquele instante, Cristal partiu para o apronto e os cronometristas se fizeram atentos.

— Não está correndo o que sabe — disse Juca.
— Será que ele é bom mesmo?

Cristal concluiu o apronto e chegava a vez de outros cavalos. O que melhor aprontou foi Anjo Negro, convencendo os cronistas. Seria na certa o favorito e o vencedor do quinto páreo do domingo.

— Se eu tivesse dinheiro, acha que devia apostar nele? — perguntou Gil, timidamente.
— Que dúvida, rapaz!
— Mas ele não tem um bom galope.
— Isso é apenas um apronto, não esqueça.
— Ninguém tem fé nesse cavalo — lembrou Gil.
— Isso não prova nada — replicou mestre Juca, senhor de tantos mistérios.
— Posso jogar então duas ou três pules nele?
— Jogue cem pules, se quiser.

Gil não tirou os olhos de Cristal o tempo todo, e quando o levaram para a cocheira, foi junto, para observá-lo de perto. O que Juca via naquele cavalo, que ele não via? Ficou um longo tempo olhando o animal e depois foi juntar-se de novo ao velho, que já abandonava a cerca da pista.

— Vamos dar uma olhadela no Marujo — disse o velho.
— Como ele está passando?
— Bastante descansado. O antigo ferimento cicatrizou. Não reabrirá mais.

— Nem numa corrida longa?

— Nem numa corrida longa.

Pararam junto à cocheira do Marujo. O cavalo comia feno morosamente.

— Esta noite sonhei com ele — lembrou o rapaz. — Sonhei que ganhara o Grande Prêmio Metropolitano.

— Se ele pudesse correr, ganhava mesmo.

— Se eu comprar o cavalo, ele corre e ganha.

— Não dá certo um rapazinho ser dono de cavalos.

— Não se trata de cavalos, e sim de um cavalo.

— Mesmo assim é muita coisa para um menino.

— Tenho dezessete anos — disse Gil, brioso. — Já podia ser dono de muita coisa. De um cavalo e de uma mulher também.

Juca acendeu um dos seus cigarros de palha.

— Você devia estar na escola.

— Eu não preciso aprender nada — replicou Gil. — O que quero é ter os bolsos cheios. Mas por que é que não posso ser dono de um cavalo?

— Um cavalo não é um brinquedo. É uma coisa muito séria.

— Eu me sentiria importante com ele — confessou o garoto.

— É o que todos querem: ser importantes. Não há nada que faça tanto bem.

— Você é importante — disse Gil. — Não como um político, decerto, nem como um craque de futebol, como Zizinho, mas aqui no Prado você é importante.

— Não me interessa ser importante fora do Prado — replicou Juca. — O meu mundo é aqui. E mesmo aqui a minha importância está ameaçada. Dizem que estou ficando caduco.

— Não é verdade.

— Polegar me disse isso na cara.

— Polegar é um idiota.

— Mas não é só ele que pensa assim. Muitas vezes, quando passo, noto que me apontam com o dedo: "Aquele é o mestre Juca. Foi grande, mas anda meio matusca". Outros me olham como se eu fosse uma curiosidade de museu. Uma vez, há muitos anos, vi uma cadeira no museu. Havia pertencido a um dos Pedros imperadores. Me olham como se eu fosse aquela cadeira.

— Você não é uma cadeira, Juca.

— A gente é o que os outros querem que a gente seja. Decerto sei que ainda estou em forma, mas para eles sou um ferro-velho, uma cadeira de museu.

— Você provará o contrário, se Marujo ganhar.

— Marujo não correrá: vai para o haras.

— Correrá, sim, Deus é grande.

— Deus não se mete em corridas de cavalo — disse Juca, para acrescentar depois: — Mas pelos grandes prêmios talvez ele também se interesse.

Gil quis encorajar o velho:

— Você venderá o Marujo, eu sinto isso.

O velhote enfiou as mãos nos bolsos e baixou a cabeça.

— Tive uma oportunidade hoje, e chutei ela.

Gil interessou-se:

— Apareceu comprador?

— Tônio veio aqui com os bolsos cheios de dinheiro. Queria comprar o Marujo, tanto eu lhe falara dele. Mas, não fiz o negócio.

O garoto já ouvira Juca falar de Tônio.

— Aquele que é doente?

— Tuberculoso.

— Quis comprar o cavalo?

Juca tirou as mãos dos bolsos.

— Nunca me arrependo do que faço. Não quis vender o Marujo. Acredito que Deus falou no meu ouvido, impedindo. Sei lá o que deu em mim. — Deu uns passos para frente e parou, olhando o garoto. — Você não vai ficar com raiva de mim, por causa disso, vai? Só eu sei quanto daria para vê-lo correr...

Então era por isso que mestre Juca estava triste. Gil sorriu, pensando em Cristal e no liquidificador de seu Isaac. Tinha que se apressar.

— Preciso ir.

— Quando aparece? — perguntou o velho, que tanta falta sentia dele.

— Amanhã, pra ver Cristal.

Gil saiu a toda pressa, ofegante. Ao aproximar-se do quarteirão da loja de seu Isaac, foi andando rente às casas, cauteloso.

Sentiu que vivia um grande momento. Se seu Isaac dormitasse, tudo bem. Mas aí teve uma enorme decepção: a loja estava fechada. Era sábado, ela só reabriria segunda-feira, e a corrida era no domingo. Com lágrimas nos olhos, Gil cerrou os punhos, olhando para o céu, e em voz alta xingou a mãe de Cristo.

9

Gil sentiu que aquele sábado seria o pior de toda a sua vida, pois agora não havia mais possibilidade de arranjar dinheiro para arriscar em Cristal. Ao mesmo tempo, odiava-se por ter esquecido que aos sábados as lojas fecham ao meio-dia. Deveria ter agido na sexta-feira ou no sábado logo de manhã. Dormira no ponto, pondo tudo a perder. Foi para casa, mas não conseguiu almoçar.

– O que você tem, menino?

O garoto nem levantou os olhos para Ernesta. Odiava-a também. Não gostava de pessoas duras, por mais honestas e úteis que fossem. Preferia muito mais conversar com João Maconheiro e com sua querida Valentina. Mas esta lhe fugia, nunca seria sua, se Marujo também não fosse.

– Não quer comer mais?

Gil ergueu-se, empurrando a cadeira. Não suportava o ambiente de sua casa, a irmã sempre séria e os dois irmãos tecendo planos para o futuro. Em casa, sentia-se preso e solitário.

– Já vai sair?

O garoto ganhou a rua e foi andando a esmo. Não queria ir ao Prado, já que perdia o Marujo. No Bar Royal parou: era ponto de encontro dos amigos. Não tardou a surgirem dois deles, o Raul e o Gino, ambos com suas camisas esportes coloridas.

– Vamos à casa de Belinha – disse Raul, cheio de malícia.
– Quer ir?

Gil não tinha programa.
– Olhe que eu vou.
– O Paulo e o Miro já estão lá. Vamos.

A Belinha morava no terceiro andar de um vistoso prédio de apartamentos com uma tia que nunca estava em casa, além da criada, uma negra de meia-idade, e um cão pequinês. Sempre era uma boa ideia ir lá, onde podiam beber quantos cubas-libres quisessem e mesmo algumas doses de vodca e uísque. Mas a maior atração do apartamento de Belinha era a enorme radiovitrola, com sua completa coleção de boleros.

A criada abriu a porta:
– Podem entrar. Belinha está na sala.

Mal entraram, já ouviram no último ponto da vitrola as músicas prediletas da turma. Paulo e Miro receberam os dois com seus copos na mão.
– Vocês não bebem nada? – perguntou o Paulo.

Todos os rapazes, com exceção de Gil, mostravam-se alegres e expansivos. Miro dançava sozinho. Sentada num macio divã, com um enorme e complexo aparelho ortopédico na perna, estava a Belinha. A paralisia infantil não a impedia de promover várias reuniões semanais em sua casa, com muita música e bebida. Convidava rapazes e algumas amigas, todas menores de idade, e lá ficavam horas inteiras, em verdadeiras farras. Mas a mais despudorada de todas era sempre a dona da casa que, quase despida, permitia que um a um os rapazes fossem deitar-se com ela no divã, para atos de libidinagem. Os rapazes preferiam fazer essas brincadeiras com as outras jovens, porém não podiam magoar a patrocinadora daquelas reuniões.

– Gil, que cara é essa? – perguntou Belinha.
– Estou com o saco cheio – respondeu ele, indo para a cozinha apanhar o seu cuba-libre.

Lá, preparou uma dose dupla e voltou para a sala, onde o Miro, sem camisa, deitava-se com Belinha no divã, preocupado em não arranhar-se no aparelho ortopédico.

– As outras estão demorando – lamentou Paulo. – Vai ver que nem aparecem.

Gil já tivera tardes agradáveis naquele apartamento, embora todas as moças fossem virgens e apesar de ser obrigado a "brincar" com Belinha, entrando com sua cota de sacrifício. Mas, depois de alguns cubas, tudo se tornava fácil, e até mesmo a criada negra participava da diversão. A tia de Belinha só voltava muito tarde, geralmente tão embriagada que ia direto para a cama, sem querer ver ninguém. Fora naquele apartamento de aspecto tão familiar que Gil ingerira as maiores quantidades de bebida e aprendera quase tudo sobre o sexo.

– Miriam não virá – lamentou Gino. – O pai dela, o juiz, anda prendendo ela um pouco.

O garoto tragava o seu cuba-libre com uma cara azeda. Não gostava daqueles rapazes e moças: eram todos mais ou menos grã-finos, gente de recurso. Miro, com aquele seu ar de palerma, tinha um pai ricaço. Paulo esperava atingir a maioridade para fazer uma viagem à Europa. O pai de Raul já fora alguém na política. Todos esbanjavam dinheiro na Augusta e frequentavam clubes. Se lhe davam alguma atenção era por causa da juventude que os unia; assim que se fizessem homens, lhe virariam a cara. E não fossem os cigarros de maconha que arranjava com João Maconheiro, não teria nenhum cartaz junto deles.

Miro, deitado com Belinha, puxava-lhe um dos peitos para fora. Os outros, indiferentes, ouviam música e bebiam, à espera das outras jovens.

"Se elas não vierem em número suficiente, eu sobro", pensou Gil. "Sobro, ou me empurram a Belinha." Levantou-se, num impulso. Paulo estava de novo falando em sua viagem à Europa, e era muito cacete ouvi-lo. De uns tempos para cá, começara a irritar-se com aquela turma. Uma barreira enorme, a do dinheiro, separava-o dela. Uma ou outra vez os rapazes haviam lhe pedido que descesse ao bar para comprar bebidas, e ele, embora atendendo, não gostara da tarefa. Não queria ficar mais ali.

– Já vai embora? – perguntou Belinha.

– Tenho um troço pra fazer – disse Gil. – Um dia desses eu volto.

Belinha, deitada com Miro, segurou a mão de Gil e fez com que ele apalpasse o seu seio desnudo. O garoto achou graça, fez meia volta, acenou para os rapazes e deixou o apartamento.

Queria estar só aquele dia. Ao chegar à porta do apartamento, um carro parou e dele desceram Miriam e outra moça. Passaram por Gil sem vê-lo. Lembrou-se com rancor que Miriam sempre se recusara a fazer com ele as mesmas brincadeiras que fazia com os outros na frente de todos.

"Valentina é muito mais bonita do que todas essas!", ele disse para si mesmo, voltando a andar pela rua, sem rumo. Parou num bar para tomar uma cerveja. Sentou-se num banco alto, diante do balcão, a pensar em Marujo. Perdera a oportunidade de enriquecer. Estava liquidado. Só mesmo se aproximando da turma do Gigue. Ia já se retirando, quando chegou João Maconheiro.

– Olá, João!

João Maconheiro era um mulato baixo, que na face esquerda tinha uma enorme mancha preta. Vestia um traje amarelo, cor que se casava com seu ar humilde. Muito conhecido no bairro, seu assunto predileto era a história de suas inúmeras prisões. Gil gostava de ouvi-lo falar da Detenção, das suas brigas com "tiras" e das surras que já levara na Polícia. Conhecia pessoalmente todos os malandros de São Paulo, aqueles que chamava "linha de frente", e por eles era procurado quando a maconha escasseava na praça. Para João, ela nunca faltara, pois sempre sabia consegui-la, e mesmo já a cultivara, em vasos, na pensão onde morava, cuja proprietária simpatizava com ele porque João amava as plantas, uma prova de bom coração.

Gil pagou uma cerveja e os dois ficaram conversando sobre uma porção de assuntos relacionados à malandragem. Com ele, o garoto se abria e falava-lhe de Valentina e do seu plano fracassado de roubar a loja de seu Isaac.

– Não sou ladrão – disse Gil –, mas roubar aquele homem nem é roubo.

– De fato, ele é um avarento.

– Sabe que se recusou a assinar uma lista para ajudar os cancerosos? Não deu nenhum tostão.

– Como você sabe disso?

– Eu mesmo fiz a lista – esclareceu Gil. – Queria jogar nos cavalos e não tinha dinheiro. O Isaac não quis assinar. Esse cara, quando morrer, vai direto para o inferno.

— Eu assinaria, mesmo sabendo que a lista era de araque — declarou João Maconheiro, cheio de dignidade. — Mas tenha cuidado com essas listas. Eu já peguei cana por causa disso, uma vez. Foi para as vítimas do Monte Serrat.

Quando a noite desceu, os dois ainda conversavam, mas já haviam deixado o bar; foram sentar-se sobre umas pedras, com o corpo mole. João Maconheiro passou um baseado para Gil, em sinal de afeto. Nunca oferecia maconha a quem julgava não merecer sua estima, a quem não fosse boa praça. Ficaram fumando, quase em silêncio, vendo surgirem as primeiras estrelas.

— Esta é da boa — disse Gil, referindo-se à maconha.
— Não foi plantada em casa, não. Veio do Norte.
— Logo se vê.

Gil examinou o cigarro, já em meio.

— Como você consegue enrolar o cigarro tão direitinho? Parece feito à máquina.
— É a minha velha! — explicou João. — Todas as manhãs, ela perde duas horas enrolando os cigarros. Tem muito jeito pra isso.
— Você gosta muito dela, não? — perguntou Gil, sensibilizado.
— Mãe é uma só.

Ficaram quase uma hora, sentados nas pedras, conversando. João contou casos de Sete Dedos, que fora seu amigo íntimo na prisão, e de outros delinquentes. Confessou estar extremamente saudoso de alguns amigos; se não fosse a companhia de sua mãe, às vezes preferia estar preso.

Inquieto como estava, Gil cansou-se de João Maconheiro. Tendo já filado dois cigarros seus, resolveu afastar-se. Despediu-se do amigo e continuou andando a esmo. Logo descobriu que suas pernas o levavam a um lugar definido: a pensão do mestre Juca. Queria ver o velho, estava sempre querendo ver o velho.

Gil passou por dona Lindolfa, a proprietária da pensão, que o cumprimentou, e foi ao quarto de Juca.

— Vim fazer uma visitinha.

O velhote estava estendido na cama, tristonho.

— Sente aí, garoto. Se quer café, ainda tem naquele bule.

A maconha deixara-lhe um gosto ruim na boca: aceitou o café.

— Que houve, Juca?

— Tive que brigar com Tônio. Ele veio aqui para me forçar a aceitar o dinheiro.

— E você não quer mesmo?

— Dinheiro do Tônio, não.

— Mas você não tem confiança no Marujo?

— Claro que tenho! — bradou o velhote. — Mas vamos que o cavalo quebre uma perna, apanhe uma doença. Seria a morte do Tônio, entendeu?

— Tônio anda dizendo que está curado — lembrou o garoto. — Não tem tossido mais.

O velhote riu, nervosamente:

— Ele faz força pra não tossir, e mesmo quando a tosse vem ele a abafa com a boca. Tônio quer enganar a si próprio.

— É uma pena — lamentou o rapaz. — Gostaria de ver o Marujo correr de novo, mesmo não sendo eu o dono. Isso deve ser importante para você, e eu gosto de ver você alegre.

Mestre Juca sacudiu a cabeça:

— Ah... — fez com desprezo. — Tanta coisa por causa de um cavalo. Ele vai para o haras. Aposentado. É a vez dos mais novos.

Gil não sabia se ele estava falando do cavalo ou de si mesmo. Juca estava amargurado. O melhor era deixá-lo em paz, com seus pensamentos e seus álbuns de recortes. Depois de tomar mais uns goles de café frio, o garoto despediu-se e saiu.

À porta estava a mulata dona Lindolfa. O garoto achava que aqueles óculos davam-lhe uns ares grã-finos. Quando negro cuida da vista é porque está muito bem de vida.

— Tomando a fresca, dona Lindolfa?

— Sim, um pouco, a noite está boa.

Gil parou na porta, ao lado dela. Lembrou-se das histórias amorosas que contavam a seu respeito. Observou-a bem: tinha o corpo roliço e a pintura do rosto bem cuidada. Diziam que ficava horas diante do psichê.

— Muito calor — disse Gil. — Vou beber uma cerveja.

— Se gosta de cerveja — começou dona Lindolfa — eu tenho umas duas bem geladinhas.

— A senhora tem geladeira?

A mulata confirmou, vitoriosa:

— Tenho, sim.

O garoto não resistiu ao convite. Entrou no quarto de dona Lindolfa, o único que ela ocupava, pois alugava o resto da casa. Num canto do quarto viu a geladeira.

Lindolfa pôs dois copos sobre a mesa e abriu uma Pilsen bem suada.

— Sente-se, fique à vontade.

Ele começou a beber, estranhando as gentilezas dela. A certa altura, alguém bateu à porta. A mulata pôs a cara para fora da janela e disse:

— Sinto muito, tenho visita em casa.

Gil estranhou ainda mais, porém ficou contente. A mulata de óculos tentava-o mais do que Belinha. Depois, sabia que ela juntava dinheiro. Quem sabe pudesse ser o seu gigolô!

— Gosta de sortes? — indagou dona Lindolfa, apanhando um baralho.

— Nunca tirei — disse o garoto.

— Então, corte em dois.

Com uma voz açucarada, dona Lindolfa se pôs a ler o que as cartas diziam: Gil ia prosperar muito, ganharia muito dinheiro, faria viagens e tiraria diplomas. Mas havia uma advertência a fazer:

— Certa mulher vai dar queixa de você à Polícia.

— Dar queixa, por quê?

— Não está bem claro aqui.

O garoto não deu importância à advertência. Valentina jamais se queixaria dele a alguém porque ele jamais a prejudicaria em nada. Ernesta já ameaçara mandá-lo para o Instituto Disciplinar, mas não faria isso.

— Gostaria de saber se Marujo voltará a correr.

— Trata-se de um cavalo, não?

— Isso mesmo.

Ela voltou a ler as cartas, com a mesma doçura na voz, assumindo uns ares de menina, que Gil notava em Lindolfa pela primeira vez. Fez a revelação:

— Vai correr, sim. E ganhará.

Um brilho surgiu nos olhos de Gil, e uma vaga esperança se apossou de sua alma.

Dona Lindolfa afastou o baralho.

– Está muito calor, não acha?

– Se está, até estou suando.

Dona Lindolfa acendeu o abajur, apagou a luz principal e foi para trás de um biombo estampado, levando um roupão de banho. O garoto ficou a ouvir o ruído de suas roupas, já antevendo o desfecho daquilo tudo.

Minutos depois, a mulata, ainda com os óculos, apareceu diante dele.

– Se você também estiver com calor, pode tirar a roupa.

Ela não precisou dizer mais nada. Gil arrancou a blusa, levantou-se e foi para trás do biombo. Estava trêmulo e, se falasse, gaguejaria. Uma coisa assim não acontecia todos os dias! Largou-se na cama fofa de dona Lindolfa e logo ela fez o mesmo, já sem o roupão. Mas, antes de entregar-se, lembrando-se de algo, ela ligou o rádio de cabeceira, bem baixinho, para não perder o capítulo de uma novela que estava seguindo. Amaram-se furiosamente, ouvindo as vozes de Waldemar Ciglioni e Sônia Maria. Concluído o ato, dona Lindolfa, vestindo o roupão, foi para o banheiro. O garoto, sentindo uma vontade enorme de fumar, levantou-se. Tinha cigarros, mas lhe faltava um fósforo. Pôs-se a abrir as gavetas da cômoda da dona da casa, com o cigarro apagado nos lábios. Foi quando seus olhos se arregalaram: debaixo de uma calça de dona Lindolfa, estavam muitas notas de mil, dobradinhas. Calculou umas vinte, no mínimo. Num gesto rápido, apanhou aquele dinheirão e enfiou-o num dos bolsos da blusa. Mas o volume que fazia era demasiado. Teve uma ideia melhor: pôs o dinheiro dentro dos sapatos e calçou-os.

Logo em seguida, a mulata reapareceu. Disse que era bom Gil ir-se embora, pois um amigo estava para aparecer. O garoto gostou da sugestão. Despediu-se dela e caiu fora, andando bem depressa. Somente ao chegar à esquina, é que refletiu no que acontecera: passara "suadouro" na Lindolfa.

10

O programa da domingueira não incluía nenhum páreo excepcional, porém o público amante do turfe compareceu em grande número, lotando as sociais e as arquibancadas. Quando o garoto apareceu no Prado, já haviam sido corridos dois páreos. Demorara-se porque Ernesta o detivera em casa, para mais uma daquelas discussões terríveis sobre estudos e empregos. Mas, assim que ela deu uma folga, escapou. Jamais se sentira tão nervoso; era como se estivesse doente, pálido como nunca. Passando entre os elegantes frequentadores, foi à procura de mestre Juca.

– Olá, Juca!

O velhote deixava a área do Prado apressado.

– Tenho que dar um pulo nas cocheiras. Um dos cavalos está passando mal.

– Não vai assistir às corridas?

– Nossos cavalos não correrão.

O garoto tocou o braço de Juca, inquieto.

– Acha que devo arriscar algumas pules no Cristal?

– Já disse que deve.

– Bem, acho que vou arriscar: ponta e placê.

– Depois me pague uma cerveja.

Juca afastou-se, e o garoto se pôs a perambular pelo Prado, sempre pálido, adoentado. Com a mão no bolso, apertava o pacote de notas. Só em casa pudera contá-las com mais sossego: dezoito mil cruzeiros. Abobrinhas novas, uma grudadinha na outra.

No intervalo do quarto para o quinto páreo, Gil abriu bem os ouvidos para ouvir os comentários dos entendidos. Só se falava em Anjo Negro, e alguns, bem poucos, acreditavam em Luar, que recentemente suplantara Martini, num longo percurso. Nos jornais, os cronistas haviam comentado assim a inscrição de Cristal: "Não tem chance. A turma é forte para ele". E os apostadores pareciam não tomar conhecimento dele na compra de pules.

"Será que mestre Juca me deu uma barbada de verdade?", pensava Gil, confuso. "Por que devo arriscar minhas pules num cavalo em que ninguém acredita? Se Anjo Negro perder, perderá para Luar, e se ambos perderem Casablanca vencerá. Cristal é o azarão. Não entendo por que mestre Juca tem tanta certeza de sua vitória." Quando se aproximou do guichê, o garoto já estava seriamente inclinado a jogar seu dinheiro em Anjo Negro. Mas, pensou: "Um favorito dá muito pouco. O que me adianta jogar dezoito abobrinhas para ganhar menos de trinta?"

Parou diante do guichê.

– Qual é seu jogo, moleque? – perguntou o funcionário.

Mais uns momentos de amarga indecisão.

– Tudo isso em Cristal – disse ele, heroicamente.

– Tudo isso? – admirou-se o cobrador.

– Bem... Ponha doze na ponta – ponderou o garoto. – Os seis restantes no placê.

Gil recolheu as pules e foi tomando o caminho da cerca. Não fazia esforço para andar, deslizava sobre paina e tinha uma aguda dor de estômago. Se houvesse tempo, correria a uma das privadas.

Os cavalos já se alinhavam para a partida. Cristal, o mais indócil de todos, movia-se na fita, a ponto de irritar a assistência. Anjo Negro conservava-se na posição de partida e seus pelos brilhavam ao sol. Luar estava muito disposto, com o mesmo aspecto da tarde em que dobrara Martini na entrada da reta. Campo Lindo era outro cavalo que também podia aparecer no páreo, postado ao lado da única égua que correria, La Petite Impossible.

Gil, ainda torturado pelos seus gases, e sempre a olhar se não havia uma mulher por perto, acendeu um cigarro, lamentando que não tivesse no bolso nenhum baseado. Tão perturbado estava, que nem percebeu o momento exato em que os cavalos largaram. O garoto não conseguia ver nada. Oito cavalos corriam agrupados, sem que um só deles se distinguisse.

– La Petite Impossible na ponta – anunciou o alto-falante do Prado. – Em segundo lugar, Luar. Em terceiro, Campo Lindo. Em quarto, Anjo Negro.

O garoto procurou fixar os olhos no lote, que já atingia a grande curva. Alvoroçado demais, e ciente de que a égua dominava a carreira, já se arrependia de ter apostado em Cristal. Fora um doido, um cretino. Arriscar tanto dinheiro num azarão.

O alto-falante continuou a descrever o desenrolar do páreo:

– La Petite Impossible ainda na ponta. Em segundo lugar, passa a correr Anjo Negro. Em terceiro, emparelhados, Luar e Cristal.

À procura de um posto melhor de observação, Gil correu para as arquibancadas. Ao chegar lá, os cavalos já tinham entrado na reta de chegada.

O público delirava:

– La Petite Impossible!

– Luar!

O garoto assistia à carreira, paralisado. O lote, com a égua e Luar na ponta, aproximava-se das pedras. Em terceiro avançava bem firme Cristal. Do lugar onde estava, Gil não podia ver nada direito, mesmo porque não sabia identificar os cavalos.

Nos últimos cem metros, houve uma enorme confusão. Gritava-se, ao mesmo tempo, os nomes de Luar e Cristal. Gil teve a impressão de que a égua e Anjo Negro haviam ficado para trás, e quando o disco foi cruzado, o garoto ainda nada sabia.

Alucinado, Gil avançou para um dos espectadores:

– Quem ganhou o páreo?

– Não sei – disse ele, atrapalhado.

Outro espectador, no degrau de cima, berrou para o garoto: Luar ganhou!

Gil teve vontade de arrancar os cabelos, embora acreditando num possível placê para Cristal, que daria, no mínimo, para recuperar o dinheiro.

Logo mais, o locutor do Prado anunciava:

— Olho mecânico para Luar e Cristal.

Horrível aquilo para o garoto! Com os nervos tensos, correu pelas arquibancadas, ansioso por depoimentos.

— O senhor aí, qual dos dois acha que chegou na frente?

— Me parece que foi Luar.

Outro turfista deu seu parecer, logo em seguida:

— Eu vi bem, foi Cristal.

Gil não quis mais afastar-se desse apostador, cuja opinião tanto conforto lhe dava.

— O senhor tem razão. Cristal ganhou por focinho. — Mentia. Ele não vira nada. O que queria era acreditar nisso.

Outros apostadores estavam decepcionados. Haviam comprado pules de Anjo Negro e, naquela carreira final, ele acabara fechando a raia. Sim, o favorito chegara em último posto.

— Grossa marmelada — protestava, irado, um cavalheiro.

Gil ouvia tudo, trêmulo. Se Cristal tivesse ganho, Marujo seria seu. Estaria a caminho da fortuna!

Ligado o microfone oficial do Prado, ouviu-se primeiro um difuso alarido e depois a voz do locutor.

— Resultado do quinto páreo: em primeiro, Cristal, no olho mecânico com Luar. Terceiro placê, La Petite Impossible.

O garoto deu um salto e abraçou o primeiro turfista que encontrou. Cristal vencera! O maior azarão do páreo vencera. Delirante, correu para os guichês de pagamentos. Só ao aproximar-se lembrou-se de parar para saber quanto o vencedor pagaria.

Alguém lhe informou:

— Cento e vinte a ponta.

Gil fez as contas, rapidamente. Dava para comprar o Marujo, sobrava dinheiro para inscrevê-lo num bom páreo e alguns "pichulés" para torrar com Valentina. Com a cara mais feliz deste mundo, entrou na curtíssima fila do guichê de pagamento.

— Entre com a gaita, meu liga.

11

Juca voltava da Vila Hípica em seus passos firmes e cadenciados, quando viu o garoto que vinha correndo ao seu encontro. Agitava os braços no ar como um doido.

– Cristal ganhou! – bradou Gil. – Luar em segundo. Anjo Negro deu banho.

O velhote mostrou-se frio:

– Mas eu não disse isso?

– Cristal era o azarão do páreo.

– Para os outros, não para mim.

Gil abraçou o amigo:

– É por isso que o chamam de mestre Juca. Você é mesmo um mestre.

O velhote sorriu, vaidoso.

– Pelo visto, arriscou suas pulezinhas. Vamos então à cerveja.

Como contar a mestre Juca? Tinha que ir aos poucos. Gil não queria que ele tivesse uma síncope.

– Pulezinhas? Fiz jogo grosso.

– Muito bem. Estou satisfeito.

O garoto segurou-o pelo braço:

– Joguei um dinheirão, Juca.

– Então me pague duas cervejas.

Gil resolveu dizer tudo de uma vez:

— Joguei doze abobrinhas na ponta e seis no placê. E sabe quanto o cavalo pagou? Cento e vinte!

Mestre Juca parou:

— Está brincando, moleque?

— Brincando? Quer ver o dinheirão? — E puxou um pacote de notas do bolso.

O velhote estava abismado, pálido.

— Preciso falar com você — disse. — Vamos para a cocheira. Você tem que me contar isso tintim por tintim.

Quase arrastado, Gil foi levado à cocheira pela mão firme e dura de mestre Juca. No trajeto, o velho nem o fitava, olhando fixamente para a frente. Chegaram às proximidades da cocheira de Marujo, quando o velhote perguntou:

— Onde você arranjou esse dinheiro para jogar?

Gil livrou-se de sua mão, ofendido:

— O que está pensando de mim?

— Nada. Quero que diga.

O garoto abriu as mãos:

— Olhe para as minhas mãos e veja onde arranjei.

— Não estou vendo nada — disse o velho.

Em tom de voz baixo e amargo, Gil confessou:

— Há três semanas que venho consertando bombas de incêndio e fogões para um espanhol lá da Mooca.

— Você nunca me disse isso.

— Nunca disse a ninguém. Queria ajuntar dinheiro para fugir para o Rio. Sempre sonhei morar no Rio e arranjar um bico no cais, mas me deu a louca e arrisquei tudo em Cristal.

— Por que você fez isso?

— Porque você me disse que ele era barbada e eu acredito mais em você do que em Deus.

— Dizer isso é pecado — replicou mestre Juca, embora não acreditasse em Deus.

— Pode ser pecado, mas é verdade.

Mestre Juca enfiou as mãos nos bolsos e ficou um longo tempo em silêncio.

— E agora... o que vai fazer com esse dinheirão?

– Dar ele a Cid Chaves.

O velhote esboçou um sorriso nervoso e impaciente:

– Por que dar ele a Cid Chaves?

– Porque eu quero Marujo para mim.

– Você bebeu?

– Mas eu não lhe disse que ia comprar o cavalo? Vou dar o dinheiro a você. Faça o negócio com Cid por mim.

Mestre Juca sacudiu a cabeça:

– Dê o dinheiro para sua irmã. Com ele você pode pagar cinco anos de estudos e ser alguém na vida. Pode tirar um diploma de doutor. Eu quero um dia chamá-lo de doutor. Não gosto de chamar ninguém assim, nem Cid Chaves. Mas você eu chamarei.

O garoto estava perplexo. Não entendia nada.

– Não quero ser doutor: quero ser dono do Marujo. E sabe duma coisa? Eu não comprei ele só pra mim, comprei pra você também.

Mestre Juca desviou o olhar, porque sabia que o garoto dizia a verdade.

– Marujo é um cavalo acabado – disse.

Gil começava a ficar nervoso:

– O que lhe deu na cabeça, Juca? Você está com medo?

O treinador fez o peito crescer:

– Nunca tive medo de nada.

– Vi sua classe hoje, com a vitória de Cristal. Você disse que ele ganhava, e ele ganhou.

Juca balançou a cabeça, querendo não encarar o rapaz:

– Eu não tinha a certeza, foi um palpite...

– Palpite nada. Você sabia que Cristal ganharia. Você entende do riscado.

O velho deu um passo para a frente:

– Dê o dinheiro à sua irmã.

Gil seguiu atrás:

– Será que você esqueceu tudo o que disse sobre o Marujo? Onde está a confiança que tinha nele?

– O pensamento da gente muda.

Gil teve vontade de chorar, e a voz lhe saía com dificuldade da garganta. Explodiu:

– Estou com ódio de você, Juca.

— Ódio de mim? Essa é boa!

O garoto tinha mais coisas a dizer:

— Vejo que está ficando velho, ficando borocochô. Por isso é que todos falam de você.

Mestre Juca não suportou aquilo:

— Quem fala de mim? — indagou, irado.

— Todos, todos.

— O que dizem?

— Dizem que você está velho e liquidado — berrou o garoto, com os olhos rubros. — Que o seu tempo passou.

Juca soltou um riso nervoso:

— Liquidado, eu? Eu que treinei El Tigre e Bruxa. Eu que...

— Isso faz muito tempo!

— Não tanto tempo assim.

O garoto reservava mais uma provocação:

— Agora você só sabe dar palpites em cima de cavalos treinados por outros.

Mestre Juca atirou seu cigarro ao chão:

— Você não sabe o que diz, menino.

— Se ainda fosse o que foi, punha Marujo em forma de novo!

O velhote perdia o controle e o menino se excedia.

— E quem diz que não sou capaz disso? Três meses em minha mão — garantiu com espantosa segurança — e ele poderá vencer Pont Canet e Cruz Montiel. Duvida?

— Isso é conversa, você tem medo.

Juca ameaçou-o com os punhos fechados:

— Se você repetir isso, garoto, eu lhe quebro a cara.

— Venha quebrar — desafiou-o Gil. — Você tem medo, medo de tudo, medo de... — E interrompeu a frase, chorando.

O velhote, que estava pronto a agredi-lo, e avançava sobre ele, segurou-o nos braços, espantado com a mudança da cena.

— Agora você está chorando. O que é isso?

— Não estou chorando — protestou o garoto.

— Está, sim, como uma criancinha.

— Eu não sou criança — defendeu-se Gil, nos braços do mestre.

— É, sim, uma criança. Tanto quanto eu sou velho...

O garoto olhou-o com os olhos úmidos:

– Você não é velho.
– Ainda há pouco você disse que eu era.
– Não disse por mal.
Juca largou o rapaz, pensativo:
– Por um triz que íamos brigando. Não quero que isso aconteça. Você é o único que ainda crê em mim.
– Vamos inscrever o Marujo no Grande Prêmio – Gil implorou.
Juca relaxou os músculos e levou as mãos aos bolsos, como sempre fazia.
– Então pensam que estou acabado? Que estúpidos!
– Mostre pra eles quem você ainda é.
O velhote ficou uns momentos em silêncio e depois dirigiu-se ao rapaz, em voz baixa:
– Agora, vamos conversar sobre negócios. Venha.
Gil enxugou com a manga da blusa as lágrimas dos olhos, e seguiu atrás do velho, fazendo cara de homem.

II
A Corrida

II

A Corrida

12

 *F*azia muito tempo que Gil não acordava tão cedo; mal a luz do sol bateu na veneziana de seu quarto, despertou, sobressaltado. Mas não quis levantar-se logo: precisava pensar numa porção de coisas antes de pôr os pés no chão. Sua vida naquelas últimas vinte e quatro horas tomara um rumo imprevisto, o que lhe causava um profundo desnorteamento. Diante dos outros, deveria agir com cautela, mostrar-se o mais natural possível, principalmente quando se defrontasse com Ernesta, que tinha raios X nos olhos. A propriedade de Marujo seria seu grande segredo na família, até o dia em que, com os bolsos cheios de dinheiro, pudesse encarar os seus e contar-lhes os seus êxitos comerciais.

 Afundou-se mais no chão, com a cabeça sobre as mãos cruzadas à nuca, recusando-se a ouvir os ruídos da casa que Ernesta começava a fazer, nos seus hábitos madrugadores. Nunca se sentia tão desligado de Ernesta e dos irmãos, e embora a si mesmo lhe repugnasse confessar, envergonhava-se de vê-los como criaturas tão sem importância e ignoradas das demais. Nenhuma delas, com efeito, realizara nada de notável, nem mesmo o mano mais velho, tão estudioso, que ia formar-se médico. Sacrificar-se anos a fio na esperança de ver um consultório cheio de fedelhos barulhentos e mijões, e de mulheres doentes e feias, seria para ele um fim melancólico e não o começo de coisa alguma. Não representava triunfo. Ele, sim, Gil, estava na trilha certa. Ao invés de perder tempo nos bancos escolares ou nos empreguinhos mixos, preferia arriscar grandes paradas, ir ao encontro da vida com alegria e confiança. Até então não fizera nada de grandioso, porque era muito jovem, mas sentia que o destino o apontara com o dedo para grandes empreendimentos, e que sempre teria muito dinheiro para torrar, como Cid Chaves.

Se até àquela data não cogitara da existência ou não de Deus, assunto tão cacete, passara a acreditar n'Ele, desde que "suara" dona Lindolfa, pois tudo que acontecera fora tão repentino e distante de sua imaginação, que provava a presença de um poder superior guiando os seus passos. O seu era o mesmo Deus sisudo que ajuda os homens de bem, que amparava seus irmãos nos estudos, que dera energia para Ernesta conduzir a família, mas, no seu caso particular, estaria inclinado a fazer certas concessões. "Se algum dia eu ficar rico – jurou solenemente –, a primeira coisa que farei será um hospital para doentes, um hospital de verdade, e não de araque, como eu e o João Maconheiro inventávamos para arranjar dinheiro." Gostaria também de construir um hospital para cães, gatos, tartarugas e todos os bichinhos pobres e doentes da cidade. Tão sinceras eram essas promessas, que Gil julgava muito natural que Deus lhe perdoasse os pequenos pecados, cujos resultados comerciais reverteriam em proveito de muita gente, no futuro. O fato de não ser um ateu dava-lhe forças e a mais absoluta certeza de sua vitória final.

Pensou depois em Valentina, para quem seus pensamentos sempre acabavam convergindo. Não seria sovina com ela, nunca, e sua primeira tarefa, uma vez rico, seria expulsar do seu apartamento aquele velhote calvo e barrigudo, de pasta debaixo do braço. Libertaria sua amada das garras daquele homem, que ela dizia respeitar, o que não devia ser verdade. Casariam, mesmo que tivesse de brigar com toda a família, e compraria um grande apartamento para ela, do maior luxo possível. Nos cinzeiros de Valentina só se veriam as pontas de cigarros dele e de mais ninguém.

"Marujo é meu", disse em voz baixa, recaindo em seu assombro. De novo o cavalinho malhado, ágil e sadio surgiu diante de seus olhos, cavalgando em sua cama, com patas aladas, numa espécie de dança em que havia ritmo e também música. Não a música clássica e sem graça de que seus irmãos gostavam, mas uma música popular cheia de breques, de bossa e de alegria. O cavalinho subia e descia as montanhas formadas por suas pernas sob os cobertores. Fazia acrobacias circences. Erguia-se sobre as patas traseiras. Gil podia até mesmo ouvir os seus rinchos também em miniatura, no silêncio do quarto.

O garoto desejou saltar da cama e gritar de satisfação como fizera certo Natal, quando Ernesta entrara em seu quarto com um velocípede. Mas, dessa vez, tinha que conter-se. Precisava guardar o seu segredo. Somente com mestre Juca e Valentina daria vazão a todo o seu delirante contentamento. Não, não podia ficar mais no quarto. Queria ver o seu cavalo. Sim, Marujo era seu, o seu cavalo. Saltou da cama e tirou o surrado pijama, arrancando na pressa um dos botões. Lavou-se e vestiu-se com uma rapidez que nunca tivera. Ia para a Vila Hípica encontrar-se com mestre Juca para aquelas perguntas insistentes que os proprietários costumavam fazer aos tratadores e treinadores sobre a saúde dos animais. Era um proprietário.

Ao chegar à Vila Hípica, Gil foi direto à cocheira de Marujo, mas o animal não estava ali. Com certeza, Juca o levara para a pista. Correu até lá, em ágeis passadas, saltando de quando em quando, sentindo vontade de assobiar, cantar e gritar ao mesmo tempo. O Prado era realmente o seu lar, e o ar puro que respirava, frio e estimulante, libertava nele o garoto travesso das ruas.

Alguns cavalos treinavam na grama úmida de orvalho, mas dentre eles Gil não sabia distinguir o seu. Aproximou-se de um animal malhado, supondo-o Marujo, mas enganara-se. Era uma vergonha não reconhecer o seu cavalo entre os poucos que circulavam pela pista. Foi andando às pressas, um tanto alvoroçado. Ouviu uma voz atrás de si:

– Como é, não reconhece o seu cavalo?

Era Juca que perguntava, com um sorriso caricato de repreensão, apontando o animal que passava num galope suavíssimo, montado por um aprendiz.

– Juro que não reconheci, Juca.

– Desde sua última corrida não sai a passeio. Parece um potrinho na pista. Veja como saracoteia! Ainda há pouco me perguntaram que idade ele tem e, quando eu disse, não quiseram acreditar.

Mas adiante, o aprendiz fazia Marujo parar, e Juca, com um aceno de mão, lhe ordenou que o entregasse a um dos tratadores.

– Deixe-o dar mais uma volta, Juca – pediu o garoto.

– Não, já passeou demais – respondeu o velhote, grave. – Se eu tivesse cansado o animal antes, hoje ele não estaria em tão boa forma.

– Quer dizer que o considera em boa forma? – quis saber Gil, exigindo uma confirmação.

– Sem dúvida!

– Quero vê-lo, vamos para a cocheira.

Foram caminhando juntos, Juca sem dizer uma palavra, de cabeça erguida, cheia de reflexos de sol. O garoto ia ao seu lado, à espera de que ele o contaminasse de novo com seu entusiasmo, que desse outra injeção de fé em sua alma. Mas o velhote não falou até chegarem à cocheira, onde um dos tratadores acomodava o animal.

Aí, Gil quis dizer, com palavras e gestos, tudo o que sentia como proprietário do cavalo. Porém, ao vê-lo, bem próximo dos seus olhos, tão materializado, e não como fantasia, acanhou-se e perdeu a espontaneidade. Olhava o animal como quem é apresentado a uma pessoa importante, e no seu aturdimento nem um simples "muito prazer" é capaz de dizer.

Discretamente, mestre Juca observava o rapaz, com um princípio de sorriso nos cantos dos lábios. Adivinhava o que acontecia no íntimo de Gil.

– Você é o mais jovem proprietário de cavalos do Prado – disse. – E dizer que nunca tive um meu. Nunca.

– Porque não quis, certamente.

– Sim, porque não quis. E por que não quis? É o que muitas vezes me perguntei. Há homens que não nasceram para ser proprietários, falta-lhes algo. Preferem servir. E por melhor que conheçam sua profissão, acabam se curvando a outro, que não a conhece, mas que é um proprietário nato. Não sei se me fiz entender.

Gil arriscou uma pergunta:

– Acha que sou um proprietário, isto é, que tenho pinta de proprietário?

O velhote bateu-lhe nos ombros:

– Acho que sim, mas não como Cid Chaves. Cid nem sabe o que tem e nem toma conhecimento disso. O fato de ter coisas, de ser um dono, o enfada um pouco. Parece que ele não está satisfeito com a ordem das coisas, embora devesse estar... Bem, acho que nem desta vez me expressei com acerto.

O garoto não prestara atenção no Juca. É que já não olhava Marujo de lado, covardemente. Encarava o animal e, no íntimo, dizia: "Você é meu". Queria repetir isso, para si mesmo, até que não tivesse dúvidas a respeito, até que pudesse olhar o cavalo como se fosse um cão ou um gato doméstico. Era ainda cedo, porém, para alcançar a serenidade do proprietário.

– Você está feliz, não está?

– Claro que estou – respondeu Gil. – Não podia me acontecer nada de melhor. Mas já estou ansioso por vê-lo treinar de verdade.

– Esses passeios fazem parte do treino.

– Ele não está um bocado gordo?

– Está, sim, e é bom que esteja. Terá que emagrecer nos treinos mais pesados, sem perder reservas para a corrida. Estou controlando bem o seu peso.

O garoto continuou a observar o cavalo, sobre a portinhola, a fim de ver se conseguia fazer outra observação de caráter técnico. Procurou lembrar-se de tudo o que ouvira Cid Chaves dizer a mestre Juca, e repetiu uma das clássicas perguntas do famoso proprietário:

– A velha machucadura continua cicatrizada? – E logo em seguida: – Será que não entra correnteza de ar nesta cocheira?

– Tudo está bem, chefe – disse Juca, ainda sorrindo.

– Ótimo!

Subitamente, a atenção de Gil foi despertada por Cid Chaves, que se aproximava, vestido a esporte, com aquela elegância que marcava a sua personalidade. Mesmo antes de ele ter parado diante dos dois, já se podia sentir o seu perfume. Chegou-se sorrindo, estimulado pelo agradável frio da manhã.

– Esse foi o mocinho que comprou o Marujo – apresentou-o mestre Juca.

– Muito prazer! – exclamou Cid Chaves, com sua voz suave, e estendeu a mão de unhas bem tratadas e contato leve. – Mestre Juca já me havia falado do senhor. Tão jovem e já ingressa no turfe! Verá que a carreira, a par de alguns dissabores, lhe dará enormes satisfações.

Gil concordou com um movimento de cabeça. Estava conversando com um homem de trato e tinha que portar-se bem. Faria o possível para não dizer tolices, para mostrar que Marujo estava em mãos de pessoa séria.

O milionário lançou um olhar longo para Marujo.

– É um brioso animal, mas receio que o meu Rumbero vá batê-lo com facilidade no Metropolitano.

– Não posso dar uma opinião diante de dois patrões meus que serão adversários no mesmo páreo – disse Juca, de bom humor.

Cid sorriu, e propôs:

– Vencendo um ou outro, brindaremos o fato com champanha.

Juca louvou a ideia.

– Nesse dia, romperei minha abstinência a qualquer tipo de bebida que não seja cerveja: tomarei champanha.

Gil sentia-se imensamente feliz. Gozar da amizade de Cid Chaves era um acontecimento. Agradava-o sobremaneira a distinção com que o rico turfista o tratava, vendo nele não um garoto, mas um homem formado. Afinal, eram ambos proprietários de cavalos, colegas, e portanto não devia haver mesmo diferenças entre eles. Resolveu mostrar-se à vontade e exibir um pouco de seus conhecimentos sobre cavalos.

– Marujo precisa emagrecer um pouco, está com dobras no corpo. Veja aqui, seu Cid. Essas dobras me preocupam. O que me diz delas?

– Ah, seu pai, o excelente Farolito, também engordava muito depressa – respondeu Cid Chaves. – Está lembrado, Juca? É um mal, sem dúvida, mas ele não entrará na pista a não ser com seu peso normal. As dobras desaparecerão.

O garoto ficou envergonhado por não conhecer a linhagem do seu Marujo. Nada sabia dos seus pais e tios. Um vexame. Mas passou logo à outra observação.

– Quanto à cicatriz, parece que não se abre mais – opinou o garoto, como se fosse uma impressão pessoal sua, embora nunca a tivesse visto sob os pelos do animal e nem ao menos soubesse onde ela se localizava.

— Se não abriu no último páreo, não reabrirá mais. A cicatrização, pelo visto, foi perfeita. Medicina aqui do nosso mestre Juca.

Juca teria muito que falar se desejasse explicar todos os seus processos próprios de tratamento de machucaduras em cavalos, mas não quis entrar no assunto para que o garoto e Cid Chaves se conhecessem bem. Cid fora muito gentil em ceder a cocheira e em permitir que ele continuasse cuidando do Marujo, e por isso era bom que Gil conquistasse sua simpatia.

— Tenho que ir para a cidade — declarou Cid Chaves. — O senhor também não vai para lá?

Gil não tinha nada a fazer na cidade, mas não queria perder a oportunidade de viajar no Cadilac verde de Cid Chaves, e em tão aristocrática companhia. Um tanto afobado, respondeu que realmente precisava ir ao centro, onde tinha um negócio importante para fechar.

— Voltarei amanhã para ver o treino de Platino — disse Cid Chaves a mestre Juca. — Confio muito no potro. — E afastou-se, em direção do carro, seguido pelo jovem colega.

Assim que se instalou no automóvel, Gil sentiu-se, momentaneamente, um pouco participante daquele mundo esplêndido em que Cid Chaves vivia, do qual o Cadilac era símbolo. Ajeitou-se no assento, desejoso de ser observado pelas pessoas que estavam por ali. Mas, quando Cid pôs o carro em movimento, o garoto lembrou-se da obrigação de manter com ele uma conversa bastante elevada, pois queria ser amigo daquele figurão.

Cid dirigia o carro com uma atenção tranquila e, assim que deixaram o Prado, alcançando a avenida, ligou o rádio, num gesto tão rápido e instintivo que Gil até se assustou quando o carro se encheu de música. Mas, imediatamente, Cid baixou o volume do aparelho. Em seguida tirou uma cigarreira prateada do bolso, que se abriu à pressão de seus dedos finos.

— Quer um cigarro?

Nada deste mundo faria Gil recusar um cigarro americano. Retirou um da cigarreira, e preocupava-se em acendê-lo com fósforo, quando Cid lhe passou um objeto metálico, parecido com um batom, que o garoto segurou, sem saber o que fazer com ele. Mas descobriu que se tratava de um acendedor de cigarros para automóveis, uma enorme novidade para o rapaz.

— Quando eu possuía a sua idade, ainda não era dono de cavalos. Refiro-me a cavalos de corrida. Meu pai não apreciava o esporte — disse Cid Chaves. — Gostava de evitar as grandes emoções. Teve uma linda morte.

— Pretendo ainda ter muitos cavalos — comentou Gil, seguro de si. Jamais estivera tão certo de uma coisa, talvez o luzidio Cadilac de Cid influísse naquela cega confiança no futuro.

Cid Chaves fez um gesto curto de cabeça, aprovando a ideia. Insistia em levar o garoto a sério, para afastar de si o possível remorso de ter sido preciso enganar um menino para se desfazer de Marujo.

— Devo aos cavalos os melhores momentos de minha vida — declarou Cid. — O seu mesmo, o Marujo, já me trouxe bastante alegria. Creio que morro lidando com esses bichos.

Ao garoto essa confissão confundia um pouco. Para ele, os cavalos sempre seriam um meio de ganhar dinheiro, não uma espécie de ideal. Cid Chaves, porém, não pensava muito em seus lucros, e sim no atrativo do esporte, na possibilidade de obter satisfações íntimas. Coisas de milionário em que Gil não se detenhe, certo de que sua intimidade com Cid dependia do número de palavras que um dissesse ao outro durante o percurso de automóvel.

— Mestre Juca me disse que o senhor vai viajar. Já esteve em Paris, seu Cid?

— Este ano não, infelizmente — respondeu o turfista, enquanto imprimia mais velocidade ao volante. — Mas antes de que se corra o Derbi, lá para fevereiro, quero ir de novo ao Velho Mundo.

— É outra coisa que preciso fazer o quanto antes — disse o garoto, aborrecido por não ter viajado ainda e culpando-se por isso. — Às vezes me canso do Brasil.

— A França me agrada — comentou Cid Chaves —, mas prefiro a Espanha. Você deve conhecer a Espanha.

— Tenho um tio que pensa como o senhor: prefere a Espanha.

— Ah, ele gostou de lá?

— Não, nunca esteve na Espanha, mas costuma dizer o que o senhor disse.

Cid Chaves fez uma caprichada curva. Pareceu ao garoto que não só as rodas, mas que todo o terreno que o Cadilac pisava era de borracha. Havia uma pista especial para ele, através da cidade, que só poderia ser usada e reconhecida por homens da posição e com os privilégios de Cid Chaves.

– Então o senhor vai à Espanha? – perguntou o garoto.

Cid não respondeu logo, pois a resposta implicava numa pequena confissão. Mas ele a fez, acreditando assim lisonjear o rapaz.

– Acho que não.

– Por que não?

– Por causa da moça que me acompanha. Ela também tem as suas preferências e, ao menos para ela, são mais interessantes que as minhas. Sempre vou aos lugares que menos desejo ir – lamentou. – As mulheres são uma sarna. Estão sempre nos atrapalhando.

Gil concordou prontamente:

– A minha também é assim.

– Ah, também já tem uma pequena? – indagou Cid, sorrindo, com naturalidade.

– Não é bem uma namorada – confessou Gil, pecaminosamente. – Nunca me dei com essas mocinhas do bairro. Para o senhor eu posso dizer tudo: tenho uma amante.

Cid Chaves brecou o carro diante de um sinal vermelho.

– Compreendo – disse, aceitando a confissão com extrema seriedade, mas sem o menor ar de censura.

– Claro que a minha família não sabe, porque aí eu teria de ouvir.

– Essas coisas são melhores quando guardadas em sigilo – aprovou Cid Chaves. – Mas tenha cuidado, pois as amantes consomem muito dinheiro. A minha me custa mais do que todos os meus cavalos.

– Mas acho que vale a pena – comentou, ligeiramente gaiato, o garoto. Já vencera todas as barreiras: sentia-se inteiramente à vontade com Cid. Que sujeito formidável! – Ainda domingo eu a vi no Prado. Como é bonita!

– Quem?

– A moça que acompanha o senhor.

– Achou-a bonita, então?

– Maravilhosa! – exclamou o garoto, entusiasmado.

Cid sorriu, à sua maneira simpática, e falou em seguida:

– Se eu pudesse passá-la adiante, como passei o Marujo, eu não vacilava.

– Mas a minha não fica atrás da sua – disse o garoto, começando a perder a compostura. – Também é loura, assim da minha altura, tem um corpo bem feito, dentes bonitos, e é elegante. Se Marujo ganhar o páreo, eu e ela iremos à Europa. É capaz que nos encontremos na França ou na Espanha. Em quatro, as farras têm mais graça, não acha?

– Sem dúvida – concordou Cid.

Daí por diante Gil começou a matraquear. Contou sua expulsão do ginásio, as brigas constantes com a irmã, e tudo o que se relacionava com sua vida. Sobre Valentina contou também uma porção de coisas, ocultando, no entanto, o gênero de vida que ela levava e seu projeto de casamento. Queria mostrar-se bastante precoce, vivo e inteligente para negócios, embora um tanto boêmio em suas relações com as mulheres.

Chegaram, finalmente, ao Centro.

– Pode parar aí – pediu o rapaz.

Cid brecou o carro e estendeu-lhe a mão.

– Grato pela companhia, meu jovem amigo.

Gil, excessivamente comovido, com dificuldade de expressão, agradeceu-lhe a permissão para Juca cuidar de Marujo, embora ele agora fosse o seu dono.

– Conte comigo para o que quiser – disse o milionário com uma sinceridade que não admitia dúvidas.

13

Depois de ter descido do bonde, vindo do centro da cidade, onde Cid Chaves o deixara, Gil rumou às pressas para o apartamento de Valentina. Queria que ela soubesse que ficara conhecendo Cid Chaves e que já eram íntimos. Falaria também do seu projeto de viagen à Europa, onde passariam a lua-de-mel. Ia entusiasmado, mas, ao chegar à porta do prédio, viu o miserável gorducho careca que entrava à sua frente, com a pasta debaixo do braço. O gorducho chegara antes, mas, mesmo se fosse ao contrário, teria que deixar o apartamento de Valentina para dar-lhe lugar. Agoniado, atravessou a rua e foi beber uma cerveja, num bar, quase estourando de ódio. O certo seria apanhar o gorducho pelas abas do paletó e dar-lhe uma surra; porém, se o fizesse, Valentina nunca mais o receberia. E Gil não poderia viver sem ela.

– Tenho que esperar – resignou-se.

Tomou duas cervejas enquanto esperava e fumou uma porção de cigarros, até que, finalmente, o gorducho deixou o prédio. Mal ele virou a esquina, Gil precipitou-se escada acima, num arremesso de doido. Bateu na porta do apartamento.

Valentina atendeu-o:

– Ah, é o meu noivo! Entre.

– Quem esteve aqui? – ele perguntou, grave.

– Ninguém.

— Não minta. Foi aquele tipo asqueroso. Vi quando entrou e tive que esperar até ele sair. Ainda eu arrebento ele.

Valentina colocou os braços em posição de açucareiro.

— O que há com você, menino?

— Vim lhe dizer que não suporto mais isso.

— Isso o quê?

— Ter que esperar pelos outros. É demais.

Valentina sentou-se na cama, e morosamente acendeu um cigarro, sempre a fitá-lo, com aquele ar de ironia que ele conhecia bem.

— Você é engraçado — disse, por fim.

— Não sou engraçado nada.

— Está bem, você não é engraçado.

Ele aproximou-se da moça. Queria explicações.

— O que ele veio fazer aqui?

— Quer que lhe conte mesmo?

— Não é preciso, eu já sei — disse o garoto, com receio de ouvir certos detalhes que poderiam magoá-lo. — Mas isso tem que acabar.

— É o que sempre digo a mim mesma: tem que acabar.

— Você não receberá mais ninguém.

Ela concordou de novo.

— Isso mesmo, ninguém. Só você.

— Só eu, sim.

— Você pagará o apartamento, me sustentará, me comprará roupas, presentes, e me ajudará sustentar minha mãe que está no interior. Obrigado, Gil. Você tem bom coração.

Aí ele sorriu: tinha uma bomba para ela.

— Sabe que comprei o Marujo?

— Parabéns — disse ela, indiferente.

— Não estou brincando, comprei ele. Dei mais de cem contos, e ele poderá ganhar um milhão no Metropolitano.

Valentina não acreditava.

— Quer dizer que você é dono de um cavalo? Um menino como você? Acho isso lindo.

O garoto fez-se irônico:

— Esse gorducho sebento que vem aqui tem cavalos de corrida?

Valentina sacudiu a cabeça:

— Nunca teve dinheiro para isso.

— Então, não é um cara importante?
— Creio que não é importante — disse Valentina.
— O que ele faz? É da política?
— Também não. Já disse que não tem nenhuma importância e também não é rico. Não se impressione com ele. Me fale desse cavalo.
— Comprei ele por sua causa — declarou o garoto, com a voz embargada de emoção. — Vou ficar rico com ele, e deverei isso a você.
— Muito lindo! — comentou Valentina. — Nunca pensei que pudesse estimular alguém. Acho que todas as mulheres deveriam fazer isso. O amor deveria servir para isso: para empurrar os homens em seu caminho.
O garoto acendeu um cigarro, foi à vitrola, alegre, colocou um disco no prato. Começava a gostar muito de música. Empolgado, contou a Valentina:
— Eu e Cid Chaves estamos assim — disse, acavalando um dedo sobre o outro. — Ele me levou pra cidade, em seu Cadilac, e fizemos amizade. Puxa, que sujeito ele é! É cheio da gaita, mas não tem orgulho algum. Dá atenção a qualquer pessoa. Olhe. Cheire a minha mão.
— Para quê?
— É perfume dele.
— Não acho que um homem precise se perfumar muito.
— Você tem que conhecê-lo. Vai gostar dele. Sabe que falamos a seu respeito?
Valentina interessou-se, sempre com seu arzinho malicioso e engraçado.
— O que disseram de mim?
— Contei a Cid que gosto de você, que vamos casar e que iremos à Europa.
— À Europa? Que ideia é essa?
Essa era a nova bomba. Gil puxou-a pela mão e fez com que ela ficasse a seu lado, sentada na cama. Com o braço esquerdo volteou o seu corpo e começou a falar muito compenetrado, tentando imitar as maneiras suaves de Cid, em que havia refinamento, sociabilidade e um vago enfado.

— O Brasil é um belo país, mas um tanto cansativo. Precisamos sair um pouco daqui. Nada como uma mudança de ambiente. Estive pensando, no Cadilac de Cid, em dar um pulo até Paris...

— Você não está mais no Cadilac de Cid Chaves — interrompeu-o Valentina, apertando-lhe a mão, querendo acordá-lo. — E este apartamento não tem rodas.

— Valentina, você não gostaria de viajar?

A moça procurou um cigarro sobre o criado-mudo. Tornara-se, de um momento para outro, pensativa.

— Viajar...

Curioso, o garoto era a segunda pessoa que naquele mesmo dia lhe falava em viajar. A primeira não a tentara com uma viagem tão sedutora, mas também exigira uma resposta. Estava pensando na resposta que daria quando Gil chegara com seu entusiasmo e seus planos doidos.

— Talvez eu viaje — ela disse.

— Com quem?

— Não sei — ela respondeu, evitando olhá-lo, arrependida de ter falado.

— Com o gorducho careca, aposto!

Valentina franziu os sobrolhos como se estivesse zangada. Mas não estava.

— Você ainda não se esqueceu dele?

— Não.

— Pois eu já — garantiu Valentina.

Um sorriso brotou no rosto do garoto, espontâneo mas um tanto nervoso, porque não podia crer em tamanha sorte. Se o maldito gorducho da pasta debaixo do braço sumisse, tudo estaria resolvido.

— Não vem mais aqui?

— Ele é como você: um exclusivista. Me quer só para ele.

— Quer casar com você?

— Não, ele já foi casado.

— Mas eu quero — argumentou o garoto com firmeza. Na verdade, era esse o seu maior trunfo.

— Você quer?

— Por que você arregalou os olhos? — ele quis saber.

— Desculpe-me. Vou desarregalá-los.

— Sim, eu quero casar com você e não me venha falar mais uma vez na diferença de idade. Isso é bobagem.

— Não falarei nisso — ela prometeu, tentando conservar-se séria.

— Casaremos no Civil e na Igreja.

— Já casei no Civil e na Igreja uma vez — disse ela. — Mas não se assuste: ele morreu um ano depois, de modo que posso casar de novo.

Valentina já lhe contara essa história, mas ele insistia em ignorá-la. Não podia conceber que a sua amada já entrara numa igreja com outro. Isso era pior do que ver o gorducho careca em seu apartamento. Jamais permitira que ela lhe contasse essa história na íntegra e desconversava quando o assunto vinha à baila.

— Vai ser um casamento muito bonito — disse ele.

— Sem dúvida — ela concordou. — Um casamento sempre é coisa bonita. — Dizendo isso, ficou triste e calada, a olhar para a parede do quarto.

— O que foi que houve? — ele perguntou.

— Nada. Continue.

— Por que essa cara tristonha?

— Estou com a mesma cara de sempre.

Gil desconfiou de que ela pensava no casamento anterior, e isso era horrível. Parecia absurdo ter ciúme de um cadáver, mas tinha. Ciúme e ódio. Havia uma filha que morrera, criancinha, e ele detestava sombriamente essa menina morta.

— Acho bom você ir indo — disse Valentina. — Pensarei em tudo que você disse. Mas agora estou cansada.

— Promete pensar mesmo?

— Não pensarei noutra coisa.

Gil olhou as mãos dela e beijou as pontas dos seus dez dedos.

14

Mestre Juca andava satisfeito com os primeiros treinos de Marujo. Não queria forçá-lo muito, a princípio, mas o ex-rei da raia mostrava-se tão vivo como nos seus melhores tempos. Mal se via na pista, soltava as patas com uma disposição que chegava a chamar a atenção dos cronistas. Alguns deles já haviam noticiado a aposentadoria do animal, informados por Cid Chaves, e com surpresa o viam treinar de novo. Chegavam-se ao Juca para fazer as perguntas.

– O que faz o Marujo na pista?

– Está se aprontando para o Metropolitano – respondeu o velhote, sem olhar a quem perguntava. Era vaidoso e lacônico quando falava com os homens da imprensa. Gostava de que seu nome saísse nos jornais, porém fazia questão de mostrar que não dava importância a isso. Por outro lado, primava em envolver suas declarações numa nuvem de mistério, dando a entender que só ele conhecia certos segredos do turfe.

– Cid Chaves disse que ia mandá-lo para o haras.

– Marujo não vai correr com as cores de Cid Chaves.

– Não vai dizer que vocês brigaram! – espantou-se o cronista, que sabia da grande amizade que unia o velhote ao seu patrão.

– Estou dizendo isso por acaso? Cid vendeu o cavalo, mas eu continuarei a treiná-lo. Foi uma camaradagem dele.

– Acha que Marujo poderá garantir um placê?

Juca sorriu, irritado. Era um tipo de pergunta que não apreciava.

– Escute aqui, moço. Meus cavalos podem perder, mas nunca faço inscrevê-los para garantir placê. Correm sempre para pegar a ponta.

O cronista demorou o olhar no Marujo, que vinha a galope.

– Ele parece disposto, mas não creio que vença Vila Nova ou Torpedo.

O velhote continuou com seu sorriso irônico, calado, como se não quisesse responder a mais nenhuma outra pergunta. Os cronistas geralmente irritavam-no. Não havia um que entendesse qualquer coisa de cavalos. Eram uns palradores, meros palpiteirosa. Adiantou-se uns passos para falar com o aprendiz que demonstrava o Marujo.

– Como ele lhe parece? – perguntou.

O aprendiz, um rapazinho corado, andava envaidecido e emocionado com a tarefa que Juca lhe confiara:

– Acho que pode correr três mil metros sem cansar-se. É um grande cavalo.

– Mas deve ainda melhorar. Vamos pô-lo em forma.

– Dentro de algumas semanas estará tinindo.

Gil surgiu diante da pista, andando depressa. Agora já podia identificar o seu cavalo a distância. Não o confundiria com nenhum outro, por maior que fosse a semelhança. Bateu no lombo do cavalo e lançou um olhar amigo para o aprendiz.

– Este é o dono – apresentou-o Juca.

O garoto sentiu que o aprendiz o olhava com admiração e alguma inveja. Tinham ambos, talvez, a mesma idade, e até se pareciam um pouco. Mas ele, Gil, era o dono.

– Muito prazer – disse o garoto. – Que tal está achando o cavalo?

– Nunca montei um tão bom, nem um que tivesse ganho tantos prêmios. Ele é formidável.

Juca segurou o garoto pelo braço:

– Vamos andando. Precisamos conversar.

Gil ficou inquieto. Conversar sobre o quê? Lembrou de dona Lindolfa. Ora, se ganhasse o páreo poderia devolver-lhe o dinheiro. Considerava aquilo um empréstimo.

– O que foi, Juca?

O velhote não sabia como começar. Olhava para o chão, enquanto andava, muito sisudo.

– Algo vai mal com o Marujo?

– Não, isso não.

– Então tudo vai bem.

– Claro que tudo vai bem! – exclamou mestre Juca, tentando evitar certo pensamento. Mas, de repente parou, e olhou bem fixo para o garoto. Tinha uma pergunta a fazer:

– Conhece dona Lindolfa?

Gil sacudiu a cabeça, firmemente:

– Não.

– Não se lembra dela?

– Pelo nome, não.

Querendo ler no íntimo do rapaz, esclareceu:

– É a mulata da minha pensão, a dona.

– Uma de óculos?

– Esta mesmo.

– Conheço, sim. Isto é, não somos amigos, mas conheço. O que há com ela? – quis saber o garoto, olhando o velho sem mudar de cor, sem trair-se em nada.

– Está aborrecida – disse mestre Juca. – Foi roubada.

– Assaltaram o quarto dela?

Juca baixou a cabeça, como que envergonhado.

– Não foi bem um assalto. Foi uma pessoa com quem fez amizade.

– Bem-feito – replicou o garoto. – Quem mandou fazer amizades com estranhos.

O velhote enfiou as mãos no bolso:

– Isso não tem muita importância. Vamos ver se não falta nada ao Marujo.

Seguiram até à cocheira, onde o cavalo já estava bebendo água calmamente. No alojamento ao lado, Gil viu o Rumbero, de Cid Chaves, que também ia correr o Metropolitano. Não havia dúvida que o seu impressionava melhor.

– Fico com pena de Cid quando vejo o Rumbero – disse Gil. – Ele não tem pinta.

– Pouca chance terá no páreo. Ainda mais estando o nosso e o Torpedo.

O garoto sentou-se numa pedra, um tanto preocupado:

– Falam muito desse Torpedo. Parece que venceu Guaimbé e deu um susto em Quejido.

– É bom, de fato – concordou o velhote.

– Mas o nosso é melhor.

– Sim, o nosso é melhor – repetiu mestre Juca, com um olhar distante. Lembrava-se de algo.

O garoto continuou a falar:

– Estive no bar e ouvi dizer que dificilmente o Marujo pagará placê, a não ser que haja muitos *forfaits*. Gente que conhece muito o turfe.

Aquilo foi para Juca uma ofensa:

– Gente que conhece muito o turfe – repetiu, imitando a voz do garoto. – Me corto o saco se entendem mesmo.

– Conhecem o retrospecto de todos os animais.

– Então deveriam conhecer também o de Marujo.

– Ele é meu e eu não conheço o seu retrospecto. Isso não é engraçado?

– Trinta e duas vitórias – disse mestre Juca, silabando as palavras. Disse mais uma vez: – Trinta e duas vitórias...

– Você não está incluindo os placês, não?

– Claro que não! – bradou o velho. – Placê pra mim é derrota.

– Quantos placês pagou?

– Uns sete.

– Fechou a raia alguma vez?

– Uma vez.

O garoto ficou em silêncio uns momentos. Tinha outra pergunta:

– É verdade que perdeu da égua Jacyra?

– Foi num dia de azar. Muita lama.

Gil pôs-se a pensar seriamente na corrida. Muitas vezes, ao fazer isso, enchia-se de pavor, pois Marujo não podia perder. Sete placês; não sabia quantas desclassificações, pergunta que magoaria o Juca; já fechara a raia e fora derrotado pela medíocre égua Jacyra. Depois, seus sete anos. Ao juntar-se todas essas coisas, um acre pessimismo o tomava. Era quando mais precisava do Juca para entusiasmá-lo de novo.

– Quando foi que ele fez melhor figura?

Juca respondeu prontamente:

– Foi no Clássico Independência, sem dúvida. Marujo era pouco conhecido, e nesse páreo tomaria parte o invicto Joazeiro, Ínclito e o grande Emperador. Cid Chaves achava que Marujo nem apareceria. Eu, não. Garantia que o nosso papava o prêmio. Foi num dia que tomei uma dose de uísque. Cid pagou, fez questão de pagar, embora sabendo que só gosto de cerveja.

– Como é que foi? – quis saber o garoto.

– Já não lhe contei?

– Penso que não.

– Se não me engano, contei uma ou duas vezes.

Sim, já contara, mas o garoto se fazia de esquecido. Precisava daquela injeção.

– Não me lembro.

O velho Juca acendeu um cigarro, confortado pela lembrança feliz.

– Como lhe disse, Joazeiro estava invicto, Ínclito punha medo em todos e o grande Emperor correria. A pule do nosso foi enorme. Ninguém acreditava nele, pois era a primeira vez que participava de um clássico. Só vencera páreos pequenos. Mas eu sabia que Marujo ia ganhar, sabia e disse a Cid Chaves, disse aos cronistas e até falei num desses microfones volantes, o que nunca faço. Muita gente me gozou. Pela primeira vez usaram a palavra "caduco" em relação a mim. "Esperem pelo páreo", respondi.

– De quanto era o percurso?

– Dois mil e quatrocentos.

– Um carreirão, hein?

Juca guardara todos os instantes do páreo.

– Dada a partida, Joazeiro saltou na frente. Sempre vencia de ponta a ponta. Ínclito partiu em segundo, Emperor em terceiro. Espiei o Marujo: corria em quinto, emparelhado com outro. Foram assim até a curva da reta oposta, quando Emperor passou Ínclito e Marujo ficou sozinho em quinto. Percebi que se aproximava do quarto colocado. Cid Chaves, ao meu lado, parecia desinteressado; aliás, nem quisera inscrevê-lo no páreo. Mas na metade da reta, o nosso passou para quarto.

O garoto, que ouvia atento, com os olhos presos no velhote, entusiasmava-se.

– Quem estava na frente?

– Emparelhados, Joazeiro e Emperor. Dois corpos atrás, Ínclito. Pouco antes da curva, Marujo firmou o galope; começou a disputar o terceiro posto com Ínclito, cabeça a cabeça. Olhei para Cid Chaves e ri. Ele me pôs a mão no ombro, como se quisesse dizer: "Não se alegre muito, Marujo não pode vencer esses craques". Cuspi forte e vi o Ínclito ficar para trás. Aí, Imperor dominava a prova, enquanto Joazeiro perdia as pernas.

– Marujo estava em terceiro? – indagou Gil, com os cabelos espetados.

– Em terceiro.

– E depois, Juca?

– Contornaram a curva e entraram na reta de chegada. Emperor na frente e Marujo emparelhando-se com Joazeiro. Olhei de novo para Cid Chaves. Sua mão, no meu ombro, tremia. Senti uma coisa aqui dentro, um frio lá no fundo, e tive até medo de que a vitória de Marujo me arrebentasse o coração. Mas me deixe contar: Marujo emparelhou com Joazeiro e depois passou ele. Emperor, porém, estava na frente, três corpos na frente. Um placê já seria uma vitória, mas não para mim.

– Aí ele arrancou? – perguntou o garoto, erguendo-se.

Juca jogou o cigarro com força no chão:

– Arrancou. Em longas passadas, foi diminuindo a diferença. Dois corpos. Um corpo. Meio. Chegou a emparelhar. Mas o diabo do Emperor passou de novo na frente. Vi tudo perdido.

– Mas não estava perdido.

– Mas não estava perdido. Marujo arrancou outra vez, emparelhou com Emperor e quando faltavam menos de cem metros, passou ele. Ouvi um *speaker* dizer: "Não se aguenta mais, Emperor". De fato, o nosso ia na frente, um, dois, três corpos. Quando ele cruzou o disco, dei um berro (eu não costumo dar berros por nada), mas berrei e Cid me abraçou até machucar as costelas.

O garoto, feliz, voltou a sentar-se.

– Que corrida! – ele vira a corrida pela descrição do mestre Juca.

– Um corridão!

– Quantos anos faz isso? Três?
– Quatro.
O garoto comentou com voz mole:
– Muito tempo.
– Não tanto tempo assim. Nem foi essa a única grande corrida de Marujo.
– Trinta e duas vitórias, você disse?
– Trinta e duas.

O garoto já ouvira falar em vinte e duas, mas não quis ser desmancha-prazeres naquele momento. Vinte e duas vitórias era também um grande número. Olhou para o cavalo, pacífico em sua cocheira. Nem parecia o mesmo que já causara tantas emoções. E era seu, ele era o dono. Gil levantou-se, passou a mão no lombo do cavalo e o beijaria no focinho, se o velhote não estivesse lá para testemunhar a cena.

15

Aquela semana, Gil fez uma triste descoberta: Valentina não acreditava que ele comprara o cavalo. Fingia acreditar, por brincadeira; ouvia a descrição dos treinos com um sorrizinho irônico; dava-lhe toda a atenção, mas não acreditava. O garoto já lhe dissera muitas mentiras, terríveis mentiras após sérios juramentos; nunca perderia o vício de mentir.

Gil recebeu a descrença de Valentina com amargura. Ela via nele apenas uma criança, quando aquela compra provara que era um homem. Até Cid Chaves tratava-o como um adulto, respeitava-o. Por que Valentina não fazia o mesmo?

– Ela pensa que esta história do cavalo é grupo – disse Gil a seu amigo Juca.

O velhote sacudiu a cabeça e deu-lhe um conselho:

– O que você lucra em andar papagueando por aí que comprou um cavalo?

– Não contei para ninguém – garantiu o garoto. – Só para Valentina.

– E ela não acredita?

– Não.

O velho sorriu de um jeito esquisito.

– Nem eu acredito ainda. – E acrescentou, quase confidencialmente: – Quando você me apareceu com aquele dinheirão até pensei que você tinha roubado alguém.

113

— Eu não roubo – garantiu o garoto. – É uma coisa feia.

— Feia e não dá camisa a ninguém.

— Por falar em roubo, já prenderam o cara que roubou dona Lindolfa?

— Não, mas ela já foi à Polícia.

O garoto ficou pensativo, mas era em Valentina que pensava. Tinha um grande problema a resolver.

— Como posso fazer ela acreditar?

— Não sei.

— Mas ela tem que acreditar.

— Por quê?

— Quero que saiba o que posso fazer por ela. Quero que saiba que até milagres posso fazer.

— Puxa, como você anda convencido!

Gil acendeu um cigarro de maconha e continuou pensativo. Fizera mal em mentir tanto para Valentina. Agora estava desmoralizado.

— Você vai ficar o dia todo com essa cara? – indagou o velho, intrigado.

— Acho que sim.

Juca tentou distraí-lo:

— Marujo treinou hoje cedo melhor do que nunca. O aprendiz ficou até espantado com seu galope. Passou por Pewter Platter na pista sem lhe dar trela. – Parou um pouco e repetiu: – Ouviu? Passou por Pewter Platter.

Mas o rapaz continuava encabulado.

— Você já disse.

— Pewter Platter é um grande cavalo.

— Eu sei.

O velhote conhecia o garoto. Sabia quando ele estava realmente aborrecido.

— Eu não posso fazer nada por você? – perguntou.

— Era no que estava pensando, se você podia fazer alguma coisa por mim. Não posso pedir nada para outra pessoa.

— Eh! Que cigarro é esse que você está fumando?

— É uma erva – respondeu o garoto sem se perturbar. – Faz bem ao peito. Ando com bronquite.

O desânimo de Gil transferiu-se para Juca:

— Não faz mal que ela não acredite.
— Se ela não acreditar, a compra não valeu a pena.
— Macacos me mordam se entendo isso.
Gil teve uma ideia:
— Mas você vai me ajudar.
— Se acha que posso.
— Decerto que pode. Vamos nós dois ao apartamento de Valentina.
Mestre Juca não apreciou a ideia.
— Não acho que ficaria bem.
— Ela já o conhece muito de nome.
— Fazer o que lá?
— Apenas tomar um cafezinho. No meio da conversa você contava tudo pra ela. Em você ela acreditaria, porque em você todos acreditam, até o diabo acredita.
— Sei lá. Nunca vi o diabo na minha frente.
O garoto voltara a ficar alegre.
— Eu devia ter pensado nisso antes.
— Não gosto de conversar com mulheres – declarou Juca –, mas sou capaz de fazer o que me pede
— Então vamos lá, agora.
— Agora mesmo?
— É uma boa hora para a gente apanhar Valentina sozinha. Vamos.
— Eu não teria que fazer a barba?
— Ela não é de cerimônia, e depois você fica muito bem com barba grande.

O garoto e o velhote dirigiram-se ao apartamento de Valentina. Gil, puxando-o pelo braço, procurava fazer com que ele andasse mais depressa. Encontrara a solução de seu problema e estava empolgado. Mestre Juca acompanhava-o, desejoso de ser-lhe útil, mas algo tímido, porque sempre tivera receio de mulheres e sabia que não lhes agradava. À medida que se aproximavam do apartamento, mais devagar ele tentava andar, sentindo que seu receio crescia. Se causasse na moça má impressão, poderia atrapalhar ainda mais a vida do garoto.

Quando chegaram à porta do prédio, Juca, quase trêmulo, perguntou a Gil:

— Acha que eu posso ajudar? Minha cara feia não vai espantar a moça?

— Quem disse que você tem cara feia?

— Eu não tenho cara feia?

— Você só tem cara feia quando seus cavalos perdem.

O velhote achou graça e acompanhou Gil na subida das escadas. Diante da porta do apartamento, ele tremia, mas reagiu assim que Valentina abriu a porta.

— Trago um amigo para você conhecer – disse o garoto.

Valentina estendeu a mão, sorrindo:

— Você é o mestre Juca?

— Em pessoa, "madame".

— Entrem, por favor.

Os dois entraram e sentaram-se num divã que a moça lhes apontou.

Valentina encarou o velho:

— Mesmo se eu o encontrasse na rua, poderia identificá-lo. Eu já sabia como o senhor era. Como isso é possível?

— Gil tem falado muito de mim?

— Só fala do senhor e de cavalos.

— Quem fala de mim precisa falar de cavalos – disse mestre Juca, simpatizando com Valentina. – Desde que era um rapazinho que não cuido de outra coisa.

— Eu nunca assisti a uma corrida, mas Gil me fala tanto de corridas que, às vezes, ouço pelo rádio as *Tardes Turfísticas* e torço quando sei que seus cavalos correm.

Gil entrou na conversa:

— Num domingo desses, eu levo você ao Prado, Valentina. Você vai ver muitas mulheres chiques.

— Então terei que estrear um vestido novo para ficar bonita.

— Não precisaria de um vestido novo para ficar bonita, "madame" – disse mestre Juca, surpreendendo a si próprio com sua capacidade de elogiar.

— O senhor é muito gentil.

Juca viu que aquele era o momento de auxiliar o rapaz:

— Quem sabe a senhora possa assistir ao clássico Metropolitano. Vai correr o cavalo do nosso amigo.

— O cavalo de quem? — indagou Valentina, dirigindo um olhar para o garoto.
— Marujo.
Ela estava espantada:
— Marujo pertence a Gil, o senhor disse?
Juca fez que sim com a cabeça.
— Faz quase um mês. Comprou-o de Cid Chaves e agora é o mais jovem proprietário do país.
A moça lançou para Gil um olhar inquiridor:
— Mas onde arranjou dinheiro?
— Eu já lhe disse não sei quantas vezes, Valentina. Mestre Juca me deu uma barbada, Cristal, e arrisquei um dinheirão nela. Deu para comprar o cavalo e até sobrou um pouco.
— Mas onde arranjou o dinheirão para arriscar na barbada?
O garoto levantou-se, inquieto, e se pôs a passear pela sala:
— Arranjei, trabalhando. Consertei umas bombas de incêndio, fogões e subi nuns telhados para ver antenas.
— Não sabia que entendia de bombas de incêndio.
— Pensa que sou desses que vivem falando no que sabem?
Ela baixou a cabeça, pensativa:
— Acho que não fica bem para um menino ser dono de um cavalo. Com o dinheiro que conseguiu, sei lá como, poderia comprar roupas, pagar estudos e ajudar a família. Você fez uma grande loucura e eu estou triste por causa disso.
Juca e o garoto entreolharam-se, e o velho, com alguma tristeza na voz, tomou a palavra:
— É o amor, "madame". *L'amour*! Eu gostaria de saber francês, pois sei que há coisas que só ficam bonitas em francês. Na língua da gente soa um pouco falso. Se eu soubesse francês explicaria, diria que ele comprou o Marujo por uma razão que nunca levou ninguém a comprar um cavalo no mundo. Compram-se cavalos para ganhar dinheiro, por amor ao esporte, por vaidade. Ele quis provar... Gil quis mostrar à senhora que...
— Vou fazer um café — disse Valentina, levantando-se.
Os dois ficaram sozinhos; Juca olhando para a ponta de seus sapatos; o garoto com os olhos no retângulo da janela. Não se animavam a comentar nada. Gil sentia-se como se cometera uma

ação má e o velhote, como se fosse cúmplice dela. Eram dois moleques que estavam lá, e um deles, não se sabe por que raio, querendo expressar-se em francês.

Valentina demorou-se muito para aprontar o café, mas apareceu com duas xícaras quentes e cheirosas.

– Café fresquinho.

Juca experimentou:

– Fazia tempo que não tomava um café tão bom.

– Júlio trouxe o pó de Campinas – disse ela, distraída.

O garoto moveu-se no divã e olhou o café com asco.

– Júlio?

– Um conhecido meu.

Ele quis perguntar se era o maldito gorducho de pasta debaixo do braço, mas não o fez. Nem era preciso: agora ela sabia que ele era dono de um cavalo e tudo se modificaria.

Mestre Juca levantou-se:

– Já tomamos muito o seu tempo.

– Tive grande prazer em conhecê-lo, mestre Juca. Volte sempre. Serei sua amiga.

– Seremos amigos.

Valentina estendeu a mão para Gil com os olhos vermelhos. Devia ter chorado na cozinha.

– Quero que seu cavalo ganhe – disse ela, ardentemente. – Agora quero que seu cavalo ganhe.

16

Dias depois, abrindo um jornal, na seção de turfe, Gil leu a primeira notícia sobre a volta de Marujo às pistas de Cidade Jardim. Com o coração batendo, foi lendo palavra por palavra, não querendo saltar nenhuma. "O ex-rei da raia paulista será inscrito no Metropolitano. Mestre Juca confia na plena recuperação do animal. Seus treinos têm surpreendido os *corujas*." No dia seguinte, aparecia em certo jornal outra notícia, esta ilustrada com o retrato de Marujo. "Vem de fracassos, mas dizem que está tinindo", comentava o cronista. "Se Vila Nova e Rumbero decepcionarem, poderá vencer." Gil sentiu que não eram apenas ele e mestre Juca que acreditavam em Marujo; outros também começavam a depositar esperanças nele. Com essa sensação agradável, saiu de casa, rumo ao Prado.

Gil andava despreocupado pela rua, pensando em Valentina, Marujo e mestre Juca, quando percebeu alguém do outro lado da rua, que olhava espantado para ele.

– Espere aí, moleque safado!

Era dona Lindolfa, a mulata, que já ia atravessar a rua em sua direção.

O garoto não quis perder tempo: virou-se em direção contrária e pôs-se a correr. Ao dobrar a esquina assustado, olhou para trás e viu que a mulata também corria, gritando: "Pega ladrão!

Pega ladrão!". Um transeunte parou para ver o que acontecia. Um vendeiro saiu à porta de seu estabelecimento.

— Espere aí! — gritava a mulata. — Bandido!

Gil correu o mais que pôde, e agora sem olhar mais para trás. Aquele maldito encontro abalara-lhe os nervos. Tinha a boca seca e um medo terrível. Ser preso, com seu cavalo "tinindo" e com Valentina mais dócil, seria o maior desastre de sua vida. Mas ninguém o pegaria. Cortou caminho por um terreno baldio. Saltou uma valeta, quase afocinhando do outro lado. Entrou numa estreita travessa, onde um cachorrão o perseguiu por quase cem metros, latindo. Mais adiante, apanhou a rabeira de um bonde que passava, ainda sem coragem de olhar para trás. Mas o bonde estava lerdo demais; saltou dele e continuou sua corrida. Viu-se correndo por ruelas, ladeiras, avenidas e alamedas. Só parou quando seu fôlego se esgotou.

Muito pálido, e ainda trêmulo, apareceu depois na Vila Hípica, à procura de Juca. Perto dele estaria mais seguro, o velho não deixaria acontecer-lhe nada de mal.

— O que há com você? — perguntou mestre Juca. — Por que está tão cansado?

— Corri muito — ele respondeu.

— Onde?

— Estive treinando na pista do Palmeiras.

O velho observava-o, atento:

— Você está mesmo quebrado. Muito exercício assim faz mal.

— É que andava meio enferrujado. Mas posso correr bastante.

Dirigiram-se os dois para a cocheira de Marujo, que estava sempre sob as vistas de Juca.

— Os jornais têm falado dele — disse o garoto. — E falam de você também.

— O que dizem eles?

— Que Marujo pode surpreender.

Gil não suportava esperar pelo dia da grande corrida. Com o dinheirão no bolso, aí estaria seguro e poderia acalmar aquela miserável mulata. Depois do susto que levara, ele passaria a odiá-la com todas as suas forças. Um ódio misturado com medo, que lhe dava uma desagradável sensação.

— Para mim não será surpresa sua vitória. Afinal, o estou preparando para isso, não é verdade?

Estacionaram junto à cocheira.

— Engraçado! - exclamou Gil. — Ele é meu e ainda não montei nele e nem tenho vontade de montar.

— Se quiser, pode montar, se você sabe. Ele é seu.

— Depois da corrida, se ele ganhar, gostaria de dar uma volta na pista montado no lombo dele. Uma volta bem macia, sentindo o vento da manhã bater em minha cara, e o cheiro da grama.

— Isso é poético.

— Acho que eu me sentiria como um rei.

— Você vai fazer isso, vai se sentir como um rei, se é o que quer — assegurou o velhote com uma indefinida preocupação a infernizar-lhe a alma. Às vezes, de fato, pensava com que cara enfrentaria o rapaz se o cavalo perdesse.

O garoto não queria deixar o velho: tinha um pouco de medo de sair à rua e topar de novo com dona Lindolfa, o que seria muita coincidência num só dia. Mas estava com receio de qualquer coisa e queria ficar perto dele.

— Tem visto seu patrão, Cid Chaves?

— Anda chateado — disse mestre Juca. — Acho que brigou com aquela vagabunda, mas está também preocupado com o Metropolitano.

— Ele tem muita fé em Rumbero?

— Isso não sei; ele me tem feito perguntas sobre Marujo. Nunca me perguntou tantas coisas sobre ele; se anda bem de saúde, se está agradando nos treinos, se a velha cicatriz não reabriu.

— Pode ser que esteja arrependido da venda.

— Não sei se é isso — disse mestre Juca. — Se estivesse arrependido, ele não demonstraria. Mas está interessado. Parece que no íntimo vai torcer para Marujo, não para seu próprio cavalo. É um homem capaz disso. Pensa que lhe interessam os lucros?

O garoto não era um turfista puro e custava a entender certos caprichos e prazeres dos que o eram.

— Então, por que está metido nisso?

— Amor aos cavalos! - exclamou o velhote, como se salientasse a maior virtude de seu patrão. — Ele se enfada um pouco com as pessoas, embora seja sempre tão cortês. Às vezes, vem aqui, e fica comigo, diante das cocheiras, filosofando. Ainda ontem me disse: "Gosto desses bichos. São mais fortes que nós, mais vistosos e possantes. E levam sobre a gente a vantagem de viver menos tempo".

Gil sacudiu os ombros.

– O que quis dizer com isso?

– Não apanhei muito bem o sentido, mas sempre diz coisas assim quando se sente enfadado.

– Seu pai também era turfista?

– Não, aprendeu a coisa com um tio, que mais tarde morreu. Quando se formou, Cid se desinteressou de tudo, só vivendo para os cavalos. O velho dele ficou por conta. Cid me contou a história uma vez. Seu pai fora um homem que dera muito duro. Sentindo que morria, mandou chamar o filho. "Você vai herdar tudo que tenho", disse. "Mas eu gostaria de saber o que lhe interessa além dos cavalos. Do que é que você gosta?" O patrão, com aquele seu jeito tranquilo, respondeu: "Gosto também de olhar para o céu, quando há muitas estrelas. Não me desagrada ficar na praia ou nas montanhas, sem fazer coisa alguma. Vou à exposição de quadros, às vezes. Mas é dos meus cavalos que eu gosto mais". Pode imaginar você a cara do velho rico, quase na agonia? Isso que lhe contei muitos acham uma história feia, mas, quando ouvi ela, fiquei gostando ainda mais do patrão. Um homem deve fazer só o que gosta. Aí é que eu e Cid nos entendemos bem.

O garoto não estava suficientemente apaziguado para interessar-se por histórias alheias, mesmo quando diziam respeito a Cid Chaves. Queria falar de si e do seu mundo.

– Você não disse ainda o que achou de Valentina.

– É uma moça distinta – comentou o velhote. – Uma perfeita "madame" e acho que é capaz de gestos nobres.

– Ela é muito melhor do que eu – disse o garoto.

– Ninguém é melhor do que você – replicou mestre Juca.

– Já cometi más ações – disse ele. – Isto é, ações que os outros não apreciam. Mas nunca fiz nada por mal. Apesar disso, sinto às vezes vontade de conversar com um padre e confessar os pecados. Ando pensando nisso.

— Você já me disse que não gosta de padres.

— Pode ser, mas acredito em Deus, e gostaria que Deus acreditasse em mim.

— Eu não penso nisso porque não quero ir para o céu — disse mestre Juca. — Se lá não há cavalos, se não existe uma pista como a nossa, o que eu ficaria fazendo lá? É chato ficar velho e sentir que tudo está no fim.

— Você vai viver muitos anos ainda, Juca. E, se Marujo ganhar, talvez eu compre outros cavalos, e você cuidará deles, como se fosse o próprio dono.

— Você é um garoto legal, Gil. Ainda será dono de muitos cavalos.

— Quero que seja meu padrinho de casamento.

— Seu casamento com Valentina? — indagou o velhote, que não acreditava que aquele casamento se realizasse.

— Com Valentina.

Ficaram ainda algum tempo conversando, até que escureceu, e Gil resolveu voltar para casa. Suas pernas continuavam doendo, em consequência da corrida. Sentia-se também algo febril e com vontade de ir cedo para baixo dos lençóis. Só tinha medo de ter pesadelos nos quais dona Lindolfa aparecesse. Gil sempre tivera medo de pesadelos e, escondido de todos, costumava tomar água com açúcar antes de ir para cama, com receio de sonhos agitados.

Mestre Juca ficou sozinho por alguns momentos, dando uma última olhada nos cavalos. Foi quando um negrinho se aproximou, com um envelope na mão.

— O senhor é seu Juca?

— Sou.

— Trago uma carta pro senhor.

O velhote abriu o envelope e leu algumas linhas escritas a lápis.

"O senhor poderia dar um pulo em meu apartamento? Por favor, não fale nada a Gil. Será um segredo nosso. Ele não pode saber desse encontro.

Valentina."

"O que será que ela quer?", indagou-se o Juca. "O que está querendo saber? Notei que ontem ela desejava me fazer perguntas." O velho não quis fazê-la esperar. Seguiu, todo inquieto, para o seu apartamento, temendo encontrar Gil por perto.

Não houve nenhum embaraço. Valentina recebeu-o cordialmente.

– Aconteceu alguma coisa? – ele quis saber, ansioso.

– Oh, nada. Sente-se no divã. Gil disse que o senhor adora cerveja. Reservei-lhe uma Brahma.

Saiu por um momento e voltou com uma garrafa suada. Ela não tinha pressa em entrar no assunto e queria que o velho se sentisse perfeitamente à vontade. Além do mais, simpatizava com ele e gostaria de tê-lo como amigo.

– Como vão os cavalos, tem tido muito trabalho?

– Sempre me dão trabalho, mas é bom estar ocupado com eles. Do contrário, o tempo custaria a passar.

Enquanto enchia o copo de cerveja, Valentina perguntou-lhe com um disfarçado interesse:

– Acha que Marujo pode ganhar o páreo?

O velhote primeiro ingeriu um longo gole da bebida, depois respondeu:

– Se é isso o que quer saber, pode ficar descansada. Ele vencerá e o nosso amiguinho receberá uma bela bolada.

– Faço votos – ela replicou. – Mas eu não estou interessada no dinheiro dele, de forma alguma. Não sei se percebeu que eu o trato apenas como um amigo. Gil vem sempre aqui, conversamos horas inteiras, dou-lhe cerveja, mas não há nada entre nós. Eu tenho o dobro da idade dele, sabia?

Mestre Juca sacudiu a cabeça:

– Não parece, "madame".

– Mas é a verdade. Jamais eu me envolveria com um homem tão jovem, sabendo que dentro de alguns anos serei quase uma velha. Saiba que Gil é só um amigo.

– Compreendo perfeitamente.

– Já tentou alguma vez fazê-lo esquecer-me? Talvez ele o ouvisse. Acredito que nem calcula o quanto ele o estima!

O velhote sorriu, descrente:

– Eu não seria capaz disso; toquei no assunto uma ou outra vez, mas Gil está realmente apaixonado. Não me ouviria nesse caso, até se ofenderia com o conselho.

Valentina acendeu um cigarro, pensativa.

— Não sei o que esse menino vai fazer com tanto dinheiro no bolso.

— O dinheiro é sempre um perigo, eu já o alertei.

— Mas o que vai fazer com o dinheiro?

— Diz que tenciona casar-se com a senhora.

Valentina achou graça, mas estava preocupada. Gil começava a constituir um problema para ela. E poderia dar-lhe alguns desgostos mais tarde.

— Ele é mesmo uma criança. Como pode pensar numa coisa dessas?

— Botou a ideia na cabeça e só pensa nela.

A moça voltou a encher o copo de mestre Juca.

— Mas não foi bem por isso que o chamei aqui. Espero que Gil faça bom proveito do seu dinheiro. O que me preocupa é saber como foi que ele pôde arriscar tanto naquele cavalo.

— Em Cristal?

— Sabe que ele arriscou dezesseis mil cruzeiros? Sabia disso?

— Pelos cálculos que fiz, jogou mais ou menos isso.

— E onde obteve o dinheiro?

O velho há muito tinha as mesmas dúvidas.

— Disse que foi fazendo certos serviços. Consertou bombas de incêndio...

— Aposto que ele não entende disso.

— Consertou antenas...

— Ele tem medo de subir em telhados. Foi o que me disse uma vez.

— Enumerou uma série de pequenos serviços — acrescentou o velho. — Nunca o julgara tão hábil.

Valentina tinha uma revelação a fazer:

— Garanto-lhe uma coisa: dois dias antes ele não tinha um tostão no bolso. Estava duro. Acha que ele tem a capacidade de ganhar dezesseis mil cruzeiros em poucas horas de serviço?

Juca olhava para o chão. Sempre achara a história de Gil pouco autêntica. Teve que perguntar:

— Pensa que ele roubou o dinheiro?

— Que Deus me perdoe, mas é no que estou pensando.

O velhote perdeu a vontade de beber a cerveja.
– Também já pensei isso, mas tenho resistido.
– Começo a ter a certeza de que ele roubou. O senhor de fato não sabe de nada a respeito?

Juca não podia mentir, não era capaz de mentir:
– Na pensão onde moro, há uma mulata, que aliás é a dona, que foi roubada em dezesseis mil cruzeiros ou mais. Me disse ela que foi um menino, o ladrão. Falei com Gil a respeito, mas ele respondeu que só conhece essa mulher de vista.
– E ele teria dito a verdade?
– Não sei, não sei – respondeu o velho.

Valentina ficou em silêncio por algum tempo:
– É o que me preocupa: o roubo. Se o cavalo vencer, convença Gil a devolver o dinheiro roubado. O senhor pode fazer isso.
– Aí então eu e ele teremos uma conversa séria. Antes seria inútil. Não quero atormentá-lo.
– Faz bem, só converse depois.

Mestre Juca levantou-se. Não havia mais nada a ser discutido ali. Perguntou antes de sair:
– Mas a senhora continuará como amiga dele, não é? Não rompa de repente: ele ficaria desesperado. Não faça isso, por favor.

Ela endereçou ao velhote um sorriso simpático:
– Não, continuarei como amiga dele, mesmo sabendo que roubou. O roubo não modifica em nada a minha afeição. Mas agora sei que devo tomar uma atitude. Minha presença aqui na cidade pode ainda prejudicá-lo. Vou resolver alguma coisa. Pôr um fim nisso.

17

Aquele fim de tarde, Gil teve que esperar mais de uma hora, no bar da esquina, até que o gorducho de pasta debaixo do braço saísse do prédio onde Valentina morava. Muito vivo, vinha notando que essas visitas eram agora mais frequentes e demoradas. O maldito rival saía do prédio com uma cara séria, de quem tomava resoluções, e quando subia ao apartamento, com o caminho já livre, encontrava Valentina também séria, pensando na vida. O garoto implicava com isso:

– Não sei no que você tanto pensa. Sabe que logo teremos um milhão para gastar?

Ela sorria, indulgentemente:

– Um milhão é muito dinheiro.

– Mas não vamos parar aí. Marujo ganhará outros páreos. Veja este jornal. Leia: "Marujo reaparecerá com chance no Metropolitano".

Valentina foi até a janela e olhou a rua, lá embaixo. Não tinha coragem de dizer a Gil o que pretendia fazer, a resolução que tomara. Gostaria de ser um pouco mais fria naquele momento, mas não lhe era possível. Raramente bebia, porém, abrindo uma garrafa de seu pequeno bar tomou uma terceira dose de conhaque.

– Assistiremos ao páreo da arquibancada dos sócios – planejou Gil. – Você porá seu melhor vestido e eu compro um terno feito. Depois, a gente sai para comemorar. Estou pensando em levá-la a uma boate, e talvez a gente leve mestre Juca também. Mestre Juca, numa boate, vai ser engraçado!

A moça muito compenetrada, e fazendo um sacrifício enorme, disse-lhe:

— Penso que não estarei aqui na ocasião do Prêmio.

Gil espantou-se. Assistir ao páreo, sem Valentina, seria desperdiçar a metade do prazer.

— Por que não estará?

— Acho que terei de fazer uma viagem. Vou mesmo fazer uma viagem.

— Não pode adiá-la? — ele perguntou, ansioso.

— De forma alguma.

— Puxa, como lamento!

— Eu também lamento, acredite!

Gil estava desalentado.

— Vai demorar-se muito?

— Ainda não sei.

Ele tinha mais uma pergunta a fazer, esta muito importante, que exigia uma resposta bastante sincera.

— Mas você volta, não é mesmo?

— Penso que não — ela respondeu, num esforço heroico.

O garoto ficou aterrorizado, todo pálido e trêmulo.

— Não vai voltar mais?

Penalizada com o choque que dera no garoto, ela voltou atrás, temendo magoá-lo tanto:

— Estou brincando. Eu volto. Farei o possível para voltar.

Mas Gil não acreditou muito. Valentina estava um tanto estranha aquele dia. O que será que o velho da pasta debaixo do braço lhe dissera, o que ele teria proposto? Conhecia bem a sua namorada, ela não era a mesma das outras vezes.

— Quantos dias você vai ficar fora?

— Não sei ainda — disse Valentina, aérea.

Ao deixar o apartamento, Gil tinha quase a certeza de que Valentina não regressaria de sua viagem. Estava na iminência de perdê-la, embora fosse dono de um cavalo que lhe daria milhões. Essa suspeita transformou-se em ódio ao gorducho de pasta debaixo do braço. Um ódio que não lhe permitiu dormir aquela noite nem a noite seguinte. Andava inquieto, a ponto de chamar a atenção de Juca.

— O que você tem, garoto?
— Devo andar meio resfriado, só isso.

Depois de moer e remoer os pensamentos, Gil teve uma ideia: precisava descobrir onde morava o maldito gorducho de pasta debaixo do braço. Não sabia, ainda, direito, por que pretendia seu endereço. Mas tinha absoluta necessidade dele. Uma tarde, o garoto esperou que seu rival saísse do apartamento de Valentina, e com ares soturnos, inflamado de ódio, foi seguindo o homem pelas ruas da cidade. Em passos apressados e curtos, sempre com sua pasta, o homenzinho, amante de Valentina, foi à sua frente até entrar num prédio baixo de dois andares. Quase correndo, Gil entrou em seguida e viu-o subir as escadas: ele morava no segundo andar.

Gil fez meia volta, decidindo: "Um dia converso com ele". Mas não sabia o que lhe diria. Logo em seguida, teve uma ideia mais ousada: "E se eu o matasse? Com ele morto, Valentina seria só minha. Falar não adianta. Um homem de negócios como ele não me daria atenção. O melhor é acabar com a vida dele".

Em sua casa, o garoto não pensou noutra coisa: matar o maldito gorducho de pasta debaixo do braço. Como não dispunha de nenhuma arma, nem mesmo de uma faca velha, foi ao porão de sua casa à procura de algum objeto cortante ou pesado. Depois de muito procurar, topou com um cano enferrujado, que devia estar no porão há anos. Era uma arma silenciosa, ideal para o crime. Dando-se por satisfeito, voltou para seu quarto.

Na tarde seguinte, que era sábado, Gil rumou para o apartamento de seu rival, levando o cano enferrujado. Mas não estava convicto do que ia fazer. No caminho, encontrou-se com João Maconheiro e os dois foram sentar-se num terreno baldio, onde o garoto fumou um cigarro de maconha, com um olhar terrível. Sem dizer ao amigo uma só palavra de seu plano, despediu-se dele, sentindo que o destino o empurrava.

À porta do prédio, Gil parou por alguns instantes, indeciso. Mas já tomara uma resolução e tinha que ir adiante. Subiu as escadas, querendo provar a si mesmo que não estava nervoso. Diante da porta do apartamento, teve uma tremedeira. O cano enferrujado, preso pelo cinto, em contato com suas cuecas, incomodava-o. Tocou a campainha.

Imediatamente, uma senhora idosa, que devia ser alemã, abriu a porta. "Ele não está só", pensou Gil. "Isso vai atrapalhar tudo." Procurando mostrar-se cortês, disse:

– Precisava falar com aquele senhor que mora aí.
– Com quem?
– Com aquele senhor gordo e careca. Esqueci o nome dele.
– Pode entrar.

Gil foi introduzido numa saleta, onde havia alguns móveis velhos e feios. Aquele em nada parecia o apartamento de um homem rico. Tudo ali cheirava à antiguidade. Viu um divã caindo aos pedaços. O tapete estava coberto de nódoas. Sobre uma poltrona Gil reconheceu a pasta, a pasta que tanto odiava, do homem gorducho e careca. Chegara a pensar que ele morava num palácio, que tinha uma porção de criados, no que andara muito enganado.

Uma porta, que dava para a saleta, abriu-se alguns centímetros e uma voz, que devia ser do amante de Valentina, perguntou:

– Quem está aí?
– Precisava falar com o senhor – respondeu Gil, trêmulo, sentindo um cheiro muito desagradável que vinha daquela porta, ligeiramente aberta.
– Estou com uma tremenda dor de barriga – disse a voz. – Se for algum assunto rápido, pode falar, que nem posso me levantar da latrina.
– Não é rápido – respondeu Gil, desajeitado, sempre a olhar para a porta e sentindo aquele cheiro.

Depois de uns momentos de silêncio, a voz perguntou:

– Você veio da parte da Casa Morrison? É o rapaz que ia trazer os preços?
– Não – respondeu Gil, recuando para perto da janela, para respirar melhor.
– Então o que quer? – indagou a voz, ainda através da porta um pouco aberta.

Gil tremendo, mas de um jato, disse:

– Vim lhe falar sobre Valentina.

Depois de novo silêncio, a voz disse:

– Espere um pouco. Isto já está passando. – E a porta foi fechada.

O garoto ficou andando pela saleta, impaciente e nervoso. Até já se arrependia de ter ido lá, e ainda mais de ter levado aquele cano enferrujado.

Pouco depois, a porta do banheiro abriu-se e entrou, em pijamas, o homem gorducho e careca. Como ficava diferente, e tão sem importância sem os seus ternos escuros! Sua pasta preta fazia também uma enorme falta para sua personalidade. Visto, assim, de perto, ele parecia ainda mais velho, e talvez por causa das cólicas, aparentava estar demasiadamente cansado. O gorducho sorriu-lhe com um ar amigável, e Gil logo se lembrou de um bom professor que tivera no ginásio, querido pelos alunos, um tipo engraçado e bonachão, que muitas vezes dissera à classe: "Meus amigos, hoje não estou com vontade de dar aula. Fiquem conversando sem alarido enquanto leio os jornais".

O gorducho estendeu sua mão também gorda para Gil e indicou-lhe uma poltrona.

– Parece que já o vi – disse. – Sim, acho que já o vi.

Gil ia responder qualquer coisa, quando o dono da casa tirou uma carteira de cigarros do bolso. Por pior que fosse seu estado de humor, ele sempre aceitava cigarros. Mas eram cigarros baratos, e não os estrangeiros de Cid Chaves.

– Também sei o seu nome – acrescentou ele. – O senhor se chama Gil. É um nome fácil de guardar: Gil Brás de Santilhana.

– Meu nome todo não é esse.

– Eu sei, foi uma brincadeira.

O garoto fazia força para odiar aquele homem, mas lembrava-se do professor. Era bom, e mais preguiçoso do que o pior aluno da classe. Como aquele homem, também sofria dos intestinos. Vivia tomando um pozinho branco. Naquele momento, o homem gorducho e careca punha um pozinho branco no copo.

– Valentina me disse que o senhor comprou um cavalo de corridas – comentou o homem. – Fiquei espantado quando soube que se tratava de Marujo. Sabe que uma vez ele me deu cinco mil cruzeiros? Não costumo arriscar em corridas, mas fui ao Prado e gostei do aspecto do animal. Comprei algumas pules. Quem diria que agora estou falando com seu proprietário!

– Marujo é um grande cavalo! – exclamou Gil. A coincidência o lisonjeara. – O senhor então o viu correr?

O homem sorriu:

– Eu diria que o vi voar... Chegou oito corpos na frente do segundo colocado. Igualou o recorde da milha aquela tarde, e sem grande esforço. Lembro que dei pulos na arquibancada. Eu estava muito mal de vida e o dinheiro veio a calhar. Mais tarde, sempre que via uma notícia sobre Marujo, lia-a com interesse. Naquela época pertencia a um milionário.

– Mas agora é meu – disse Gil, vaidoso.

– Pretende dedicar-se à criação?

– Provavelmente.

– É uma coisa bela, o turfe – disse o homem gordo. – Se eu pudesse, também teria os meus cavalos. Mas custam fortunas. Evidentemente, não é coisa para mim.

– O senhor poderia ter um, ao menos.

– Não posso pensar nisso. Com todo dinheiro que ganhei, pretendo agora comprar um velho Austin. Na minha profissão, sou corretor, preciso muito de um carro. Mas me fale sobre Marujo. Quando ele corre?

Gil soltou a língua e falou demoradamente sobre o comportamento do animal nos treinos. Em pouco tempo, recuperara a forma antiga. Parecia até um potro. Juca, o treinador, estava entusiasmado. Ia ser barbada no Metropolitano. Referiu-se, ainda, à sua amizade com Cid Chaves e também aos planos de uma sonhada viagem à Europa.

– Nada como ser moço – declarou o homem gordo. – Você vai longe, meu rapaz. É jovem e impulsivo. Tem o mundo em suas mãos. Eu, infelizmente, estou velho.

– Não diga isso.

– Velho, sim. Cinquenta e dois anos.

– Mas é bem conservado.

– Muito obrigado, mas o que pesa na balança não é bem a idade. Precisa ver o estado de minhas pernas, quando volto para casa. Sofro de dores horríveis, e para isso só há um remédio: o repouso. E repousar como, se preciso estar o dia todo na rua, trabalhando como um escravo? Felizmente, agora vou tirar umas

férias. E depois terei que correr outras praças: Rio de Janeiro, Bahia, Recife, Natal... Sair pelo Brasil feito caixeiro-viajante.
— Viajar é bom.
— Bom quando se viaja a passeio. Mas eu viajarei a serviço.
Gil tomou impulso para fazer a amarga pergunta:
— Valentina vai com o senhor?
— Vai.
Era o momento de dizer alguma coisa. Afinal, o que fora fazer no apartamento? Não estava ali para aumentar o número de suas amizades. Sentou-se na ponta do divã sem saber como começar, mas falou:
— Também gosto de Valentina. Não queria que ela fosse embora.
O homem gordo ficou um instante sério, olhando pela janela aberta do apartamento.
— Você veio aqui para pedir que não a leve?
— Vim só para isso — confessou o rapaz.
— Gosta dela?
— Amo-a.
O outro mostrou-se interessado, curioso, mas ainda sério:
— Você a ama, então?
— E pretendo casar-me com ela depois da vitória de Marujo.
O homem levantou-se e deu um passeio ao redor da pequena sala, olhos no chão, pensativo. A situação também para ele era embaraçosa e inédita. Por isso, não quis apressar-se em falar antes de pôr seus pensamentos em ordem. Estava comovido, mas não queria que a comoção o traísse. Sua felicidade também estava em jogo.
— O que você me pede é difícil de atender, Gil.
O garoto tinha os olhos fixos nele, suplicantes.
— O senhor também a ama?
— Não da mesma forma que você, não com sua mesma intensidade, mas gosto dela. O amor não é sentimento exclusivo dos jovens. Depois, eu preciso de Valentina. Não posso mais continuar sozinho na minha idade.
Gil não podia compreender problemas que não fossem seus:
— Valentina ficaria comigo, se o senhor não existisse. Ela gosta de mim. Deve gostar mais de mim. A vantagem que o senhor leva é a de ser mais velho.

O homem sorriu, tristemente:

– A velhice nunca foi vantagem para ninguém. Gostaria de ter a sua idade, isto, sim. Quando Valentina me disse que você comprou o cavalo, fiquei com inveja. Ele representa para você muitas esperanças. Talvez seja o início de uma carreira rendosa. Aliás, tudo para você está em começo. A própria vida. Você poderá conseguir muitas pequenas, ganhar muito dinheiro e realizar todos os seus planos. Eu, não. Já não espero mais nada.

Gil ergueu-se como se quisesse delatar a fortuna ilícita de um milionário:

– O senhor tem Valentina!

– Ainda bem! – exclamou o corretor.

– O senhor fala como se ela fosse pouco!

O homem não se preocupou em responder. Foi dizendo:

– Eu vou sustentá-la, vou lhe dar uma vida razoável para que não tenha que se prostituir mais. Valentina está cansada disso e não sonha mais com a riqueza. Em troca, ela cuidará de mim, me arranjará remédios para essas cólicas terríveis, e me fará companhia. É uma espécie de acordo entre duas criaturas sensatas e cansadas de sofrer.

– Eu posso dar a ela mais do que o senhor.

– Acredito – ele concordou. – Mas você bem sabe que as mulheres não gostam de trocar o certo pelo incerto. Principalmente com a experiência que Valentina tem da vida, com as desilusões que já sofreu. Também teve os seus sonhos. Agora, em espírito, é tão velha como eu.

– Se Marujo ganhar o páreo não haverá nada incerto.

– Eu mesmo lhe disse que tem um futuro brilhante. Diga isso que me disse a ela. Quem sabe dê resultado.

Gil baixou a cabeça, vencido.

– Já lhe disse muitas vezes. Ela não me ouve.

– Então, o que quer que eu faça?

– Que deixe ela para mim – pediu o garoto, com os olhos úmidos. – Que não a leve embora. – E num esforço, acrescentou: – Quero que tenha pena de mim.

O corretor desviou o olhar. Não esperava aquele pedido tão ingênuo, tão humilhante para o rapaz. Era doloroso. Depois de um longo silêncio, disse:

— Se eu fosse um pouco mais moço, faria o que você me pede. Esse gesto nobre me tentaria. Mas a velhice, que vem chegando, me faz um pouco mais egoísta. Valentina talvez seja a minha última oportunidade com as mulheres. Não a deixarei para você.

Gil notou que não adiantaria insistir. Apalpou o cano enferrujado sob as calças. Com um bom golpe, poderia liquidar o homem. Mas não teria coragem de matar uma pessoa que noutros tempos apostara em Marujo, depositara em suas patas uma parcela de sua fé. Dirigiu-se para a porta.

— Vou embora — disse.

O homem aproximou-se.

— Quando que o cavalo corre?

— Daqui uns vinte dias.

— Se eu estiver aqui, apostarei nele. Estou precisando de dinheiro.

O garoto puxou o trinco da porta e saiu, sem despedir-se.

18

Desde que comprara Marujo, era a primeira vez que Gil ficava três dias em seguida sem ir ao Prado. Seu mal-estar começou com uma enjoada dor no estômago, depois passou a ter dores pelo corpo todo, como se tivesse uma gripe incubada, e então perdeu inteiramente o apetite. Os jornais às vezes traziam notícias sobre o preparo do cavalo, algumas opiniões de entendidos, que vinham acompanhando o carinho de mestre Juca nos treinos de Marujo, mas o garoto lia tudo friamente. Andava desanimado, sem entusiasmo por nada, sempre a pensar em Valentina e no perigo de uma separação. Talvez para que Deus o olhasse com bons olhos e o ajudasse naquela situação, resolveu ser o melhor possível para Ernesta. Se ela precisava de alguma coisa do empório ou da farmácia, corria a ir buscar, com uma solicitude que nunca tivera em casa. Num sábado de manhã, causando um verdadeiro choque na irmã, prontificou-se a ir com ela à feira para empurrar o carrinho. Ernesta aceitou o oferecimento, sem comentário, desconfiada de que ele engendrava algo. Mas Gil inclinava-se a ser bom para todos, na esperança de que Deus estivesse anotando suas boas ações.

Certa manhã, acordou com uma ideia que fortaleceria ainda mais sua aliança com Deus: queria fazer-se coroinha. Sempre detestara e ridicularizara os coroinhas, mas arrependia-se disso. Com Deus ao seu lado, teria muito menos a temer. Nesse mesmo dia passou diante da igreja de seu bairro, com vontade de entrar. Mas, embora ficasse um tempo enorme diante da porta, não se animou.

No dia seguinte, Gil fez nova tentativa para entrar na igreja. Não sabia o que queria lá dentro. Se era ingressar no corpo de coroinhas ou simplesmente confessar seus pecados. Tinha também necessidade de contar o caso de dona Lindolfa, e um padre era pessoa indicada para isso. Mais encorajado, entrou, desta vez, na igreja. Viu apenas uma velhinha rezando, e mais ninguém. Nenhum padre à sua frente. Foi até o altar e atreveu-se a chegar à sacristia. Sentia-se abafado por aquele ambiente místico e olhava demoradamente as imagens, com um sisudo respeito que nunca tivera por nada. Envergonhava-se, no entanto, de não identificar os santos com aquela facilidade com que identificava à, primeira vista, os artistas de cinema. Devia saber que santos eram aqueles e conhecer um pouco da história de cada um. Faria isso mais tarde.

Subitamente, um ruído atraiu Gil para uma porta ao lado, que estava entreaberta. Seguiu até lá, para ver que dependência era aquela da igreja e topou com uma espécie de copa espaçosa e bem asseada. Viu um padre debruçado sobre uma pia.

– Dá licença? – ele perguntou.

O padre ergueu a cabeça. Era um homem alto e forte, de cabelos louros e emaranhados. Não era uma cara de padre igual às que Gil conhecia. Pareceu-lhe a cara e o corpo todo, grosseiros demais para um ministro de Deus.

– Estou lavando a boca – disse o padre.

Gil notou que havia sangue na pia, sangue que saía da boca do padre.

– O senhor se machucou?

– Arranquei um dente – respondeu o padre. – Por que esse espanto? Pensa que padre não vai ao dentista?

– E está saindo tanto sangue?

– Era um enorme molar – disse o padre. – Faz duas horas que o arranquei e ainda está saindo sangue.

Gil sentiu um íntimo prazer em encontrar o padre tão humanizado com aquela dor na boca. Aproximou-se mais, sentindo que tinha coragem de abrir-se com ele.

— Por que o senhor não põe um remédio aí?
— O dentista encheu o buraco de remédio, mas não adiantou.
— Um bochecho seria bom — aconselhou o garoto.
— Um bochecho de quê?
— Malva, é bom.
— Não tenho malva, não tenho nada aqui — lamentou o padre.
— Acho que eu podia arranjar — disse o garoto.
O padre levou um lenço à boca, demonstrando a dor que sentia.
— Não sou patife, mas está doendo de verdade.
O garoto repetiu o que dissera:
— Quer que eu arranje malva ou qualquer erva?
— Só se não demorar muito — disse o padre. — Você mora longe daqui? Onde vai arranjar a malva?
— Aqui pela vizinhança.
— Vá depressa, então. E desde já agradeço.
Gil saiu da copa correndo como uma bala. Ao chegar à rua, perguntou-se: "Onde vou arranjar malva?". Em sua casa não havia quintal e não sabia de ninguém que tivesse malva. Voou para um armazém lá perto. Perguntou, num jato de voz, ao vendeiro:
— Não vendemos ervas — respondeu o homem.
— Onde é que posso comprar? Foi o padre que me mandou.
— Só na ervanaria. Na Praça da Sé tem uma.
Era muito longe. Gil não poderia ir lá e voltar num curto espaço de tempo. Saiu à rua, sem saber o que fazer. Viu um casarão de esquina e teve uma ideia: tocou a campainha da casa, um tanto desnorteado.
Uma velhota apareceu à porta.
— A senhora tem malva? — perguntou, afobadamente.
— Malva? Não tenho.
— É para o padre, que arrancou um dente.
A velhota, pensando que se tratasse de uma brincadeira, bateu a porta.
Gil continuou a andar, olhando para todos os lados. Não podia perder aquela maravilhosa oportunidade de ser útil ao ministro de Deus. Mas onde arranjaria malva? Viu uma quitanda, na quitanda quem sabe encontrasse. Entrou, sempre a correr:
— O senhor tem malva?

O quitandeiro sacudiu a cabeça, negativamente. Estava atendendo a uma mulher.

– É para o padre – explicou Gil. – Ele me mandou pedir ao senhor.

– Mandou pedir para mim? – admirou-se o quitandeiro.

"Já estou sendo obrigado a mentir", pensou o garoto. "Mas desta vez é para fazer um bem."

– Ele disse que o senhor tem, ou sabe onde tem.

– Nunca vendi isso aqui – respondeu o quitandeiro. – Mas você está enganado, moleque. Eu não conheço o padre.

Gil saiu da quitanda, já aflito. Prometera malva ao padre e não podia cumprir a promessa. O melhor que tinha a fazer era desistir da procura e deixar o padre com sua dor na gengiva. Estava sendo muito difícil praticar uma boa ação. Foi andando pela rua mais lentamente. Começava a ter saudades do Marujo. Há quatro dias não batia um papo com mestre Juca. Se não fosse o maldito problema criado pela malva, estaria se distraindo no Prado. O velho devia estar cheio de novidades.

Ia assim pela rua, quando viu numa esquina o seu amigo João Maconheiro. Gil dirigiu-se a ele, apressado.

– João, estou precisando de você.

– É verdade isso que você comprou um cavalo? – perguntou João.

– Preciso muito falar com você. Venha aqui.

Entraram os dois num terreno baldio, onde muitas vezes haviam se encontrado, conferenciaram alguns minutos, e logo em seguida, Gil saía correndo, em direção novamente da igreja, segurando numa das mãos um pequeno pacote. Entrou na igreja sempre a correr e dirigiu-se à copa.

O padre estava sentado numa cadeira, com o lenço na boca.

– Encontrou? – perguntou ele.

– Não é malva, mas é uma erva melhor ainda.

Gil entregou-lhe o pacote, que o padre abriu.

– Vamos ver se isso é bom.

– Quer que eu prepare o bochecho para o senhor?

– É um favor. Lá está uma panelinha.

Gil, sempre rápido, jogou a erva dentro de uma panela, pôs água e depois ligou o fogareiro elétrico. Enquanto a infusão esquentava, puxou conversa com o padre:

– O senhor vai ver como a dor passa logo.
– Me diga uma coisa: você mora por aqui?
– Nasci aqui em Pinheiros.
– Nunca veio a esta igreja?
– Vim muitas vezes – mentiu o garoto. – Ando pensando em ser coroinha. O senhor precisa de um coroinha?

O padre tirou o lenço da boca:
– Um coroinha precisa aprender uma porção de coisas. Conhece bem o catecismo?
– Me defendo um pouco – garantiu Gil.
– Podemos experimentar. Talvez você sirva. Vejo que é muito expedito.
– Não é qualquer calhorda que pode ser coroinha – comentou o garoto. – A maior parte deles só atrapalha a missa.
– Um bom coroinha é coisa rara.

Gil observou que a água já estava bem quente. Encontrou uma xícara e pôs nela a infusão, entregando-a ao padre, que voltou à pia para bochechar. Enquanto bochechava, o garoto ia dizendo:
– Conheci alguns coroinhas, mas eram todos de araque. O que queriam era roubar vinho do padre. Havia um que roubava o dinheiro das missões e afanava castiçais. É preciso ter cuidado com eles, seu padre.

O reverendo terminou de bochechar.
– Já estou melhor – disse. – Isto que você trouxe caiu do céu.
– É de fato uma erva muito boa.

Mais aliviado, com um começo de sorriso, o padre pôs a mão no ombro de Gil, feliz como se tivesse acabado de encontrar o melhor cordeiro de seu rebanho.

– Eu precisava falar com o senhor – disse Gil, subitamente. – Antes de ser seu coroinha, queria contar-lhe umas coisas.
– Tem lá os seus pecadozinhos? – perguntou o padre.
– Acho que sim, mas não estou certo de que são pecados. Creio que são coisas que todos fazem e o senhor mesmo já fez na minha idade.

— Todos somos humanos. Vamos conversar um pouco. Não no confessionário, mas lá, naquele banco, como dois bons amigos.

O padre e Gil foram sentar-se num banco da copa. O garoto, muito satisfeito com a amizade do reverendo, pôs-se a narrar os últimos acontecimentos de sua vida. Falou-lhe de Valentina, de mestre Juca, de Marujo, do dinheiro que roubara de dona Lindolfa, nas circunstâncias já conhecidas, e na compra do cavalo.

Um rubor surgiu nas faces do padre:

— Mas não entendo! Você quer se casar com essa mulher que tem o dobro de sua idade? E fez um roubo por causa dela! E o cavalo, filho de Deus, por que comprou esse cavalo?

— É um grande craque, reverendo!

— Então você roubou a pobre mulher! Por que isso?

— Afanei ela para comprar o Marujo!

O reverendo levou as mãos à cabeça:

— Tanto pecado numa vida tão curta!

— Se pequei, quero pedir perdão a Deus — disse Gil, muito sincero, mas espantado ante a reação do padre.

— Perdão, perdão, isto é um caso de Polícia!

Gil ficou lívido.

— O senhor não pode me perdoar?

— Perdoar eu posso, mas...

— Então, quebre o galho.

O padre falou-lhe em tom grave, baixo, compenetrado:

— O que você tem a fazer é apresentar-se à Polícia. A justiça de Deus não neutraliza a justiça dos homens. Precisa primeiro pagar pelo que fez. Esse roubo não pode ficar impune. Tem que esquecer essa mulher e esse cavalo, filhos do diabo. Aí, sim, cumprida a sua pena, peça perdão a Deus, e Ele lhe dará.

Gil não quis ouvir mais nada. Levantou-se, com vontade de sair correndo dali, mas foi andando devagar, até à porta.

— Vou seguir o seu conselho, padre — disse.

Mas, ao sair da igreja, disparou numa corrida, a todo fôlego, através de ruas e ruas, até chegar ao Prado, onde mestre Juca, seu único amigo, levava Marujo para um passeio na atmosfera fresca da pista.

19

Gil passava agora todas as suas manhãs no Prado, atento ao preparo de Marujo para o Metropolitano. O grande dia aproximava-se, e já não havia mais tempo para folga. Acompanhava todos os treinos do cavalo, ao lado de mestre Juca, que assumira, nas vésperas do páreo, um ar sério e compenetrado. O garoto ansiava pelas conclusões que o velho tirava, mas este andava menos falador e um tanto misterioso. Era difícil arrancar-lhe uma palavra durante ou após os treinos. Juca ficava calado, sempre a olhar o seu cronômetro, enquanto Marujo estendia suas longas patas na pista.

– Como ele está? – perguntou Gil.

Juca não respondeu logo. Agora, só respondia depois de pensar e ninguém podia adivinhar os seus pensamentos.

– Ele anda firme. Calma, rapaz.

– Mas você está com uma cara esquisita!

O velhote estava todo voltado para Marujo, e não queria perder um só dos seus movimentos na pista. De quando em vez, balançava a cabeça, aprovando a conduta do animal.

– Por hoje chega! – bradou ao aprendiz que dirigia o Marujo.

– Só isso, hoje? – admirou-se o garoto.

– Lembre-se que estou treinando dois cavalos para a corrida. O seu e o de Cid Chaves.

De fato, logo em seguida, Rumbero entrava na pista.

Gil olhou o cavalo com um sorriso irônico, mas desmanchou-o logo ao ver que Cid Chaves se aproximava dos dois.

— Como se tem portado o Rumbero? — o milionário perguntou ao mestre Juca.

— Tenho puxado bastante por ele — disse o velhote, com um acento de lástima na voz.

— Mas parece que não deposita nele muitas esperanças, não é assim?

— Para ser franco, não — respondeu o treinador.

— Acha que Marujo poderá batê-lo? Para você, o páreo já tem dono.

— Não é por isso — replicou o velhote. — O que me assusta em Rumbero é a sua irregularidade. Se num dia vai bem, noutro vai mal.

Cid Chaves nunca era demasiadamente exigente:

— Faça por ele só o que puder fazer.

A poucos passos de distância, Gil tossiu para chamar a atenção de Cid. O elegante turfista reconheceu-o e seguiu na direção dele, com a mão estendida.

— Como o senhor tem passado? — perguntou.

— Vou bem, e o senhor?

— Vim ver o treino de Rumbero, mas aqui o nosso amigo mestre Juca não anda satisfeito com ele. Acho que vou manter sua inscrição apenas por teimosia. Há grandes cavalos no páreo: Vila Nova, Torpedo e Marujo.

Gil ouviu-o pronunciar o nome de seu cavalo com extrema satisfação.

— Acha que Marujo ainda é dos grandes?

— Se Juca acredita nele, é porque é. Pelo menos, noutros tempos venceria este páreo com facilidade.

— Mas eu acho que Rumbero pode pegar um placê — disse o garoto, bondosamente.

— Eu me daria por satisfeito — comentou Cid Chaves. — Principalmente se o ganhador for o Marujo.

Toda a inquietação daqueles dias passava, quando Gil se avizinhava de Cid Chaves. Ali talvez estivesse o espelho de seu futuro; quem sabe, um dia, pudesse ostentar a mesma elegância, e aquele ar descuidado de quem não liga muito para nada. Para Cid Chaves, a derrota de Rumbero não teria nenhum sentido especial. Nada modificaria em sua vida. Mas para ele, se Marujo perdesse, estaria arruinado. Teria que começar tudo de novo.

— Ganhe o senhor ou eu, temos de comemorar — disse o garoto, forçando a intimidade.

— Não me esquecerei disso — prometeu Cid Chaves.

— E eu lhe apresentarei minha pequena — garantiu Gil, sério.

— Eu ficaria encantado — disse Cid Chaves. — Comemoraremos, sim.

Cid Chaves afastou-se, e Gil seguiu para o apartamento de Valentina. Era a primeira vez que ia lá, desde que falara com o gorducho de pasta debaixo do braço. Tinha um pouco de receio de olhá-la de frente, com medo de que ela o condenasse pelo que ele havia feito.

Valentina recebeu-o, alegre:

— Por que ficou tanto tempo sem aparecer?

— Negócios — ele respondeu, sisudo.

— Muito ocupado?

Gil disse que sim e largou-se sobre o divã. Andava aprendendo com mestre Juca certas atitudes e expressões misteriosas.

A moça sentou-se ao seu lado, ansiosa:

— Como vai o cavalo? — perguntou num fio de voz, como quem perguntasse por um doente.

— Venho do Prado agora. Está ótimo.

— Então, ele corre domingo?

— Domingo.

Valentina ficou uns instantes em silêncio, para tornar a perguntar:

— Ele está bem mesmo? Dizem que são muito delicados.

— Marujo não é delicado.

— Ele come de tudo?

— Não temos deixado ele comer muito. Está um pouco gordo.

— Mas não enfraquece?

Gil estranhava o interesse de Valentina.

— Nunca esteve mais forte.

— É verdade que eles se resfriam facilmente?

— Tomamos providências. Não se resfriará.

Valentina tocou-o com a mão. Estava muito séria.

— Já que você está nisso, deve fazê-lo vencer, Gil.

Ele gostou de ouvir isso.

— Temos trabalhado para vê-lo tinindo.

— Faça ele ganhar, ele tem que ganhar.

Gil riu-se:

— Por mim ele correria até dopado, mas mestre Juca não é disso.

Valentina passou-lhe a mão nos cabelos.

— Você anda muito nervoso, não é verdade?

Gil levantou-se. Ela o estava tratando com excessivo carinho, carinho de irmã; assim também, não gostava. Ficou de costas para ela.

— Estou com os nervos no lugar. Um pouco cansado, por causa dos treinos, só isso.

— Está também mais magro. Marujo talvez precise emagrecer, mas você não.

— Engordarei depois do páreo — ele disse, voltando-se para ela, a sorrir.

Valentina levantou-se e abraçou-o.

— Gosto quando você sorri.

— O que há de diferente em mim, hoje?

— Está mais velho. Parece ter uns vinte e um anos.

"Alguma coisa deve ter acontecido", pensou Gil. "Talvez ela rompeu com aquele homem." Mas resolveu não perguntar nada. Precisava ser discreto para sentir-se adulto. Foi tomado por uma onda de otimismo. Não perdera a batalha. Podia, ainda, reconquistar Valentina. Não queria, porém, tentá-la com castelos no ar. Falaria a sério com ela depois da vitória de Marujo. Antes, seria pueril.

— Me disseram que tenho uma porção de cabelos brancos.

— Uma porção não, mas já tem um fio.

Gil foi até um pequeno espelho que havia na parede e localizou o fio branco.

— É verdade. É que já sofri muito.

— Eu tenho muitos fios brancos — disse Valentina.

Ele enfiou as mãos nos bolsos, pensativo.

— Nós sofremos muito, por isso a gente se entende.

Ela balançou a cabeça:

— É verdade.

Aquele encontro com Valentina, não sabia por que, fê-lo gozar a sensação da maturidade. Emagrecera, sim. Andava cansado e já tinha um fio de cabelo branco. Essas coisas valiam para reconquistar a moça. Precisava mostrar-se ajuizado e sofrido, mesmo quando tivesse o dinheiro do prêmio. As mulheres gostam de homens serenos, seguros de si e um pouco sofredores. Começava a entender Valentina.

— Como vai sua irmã?

— Vai bem. Estive pensando em lhe dar uma máquina de costura nova quando vier a bolada.

— Você faz muito bem.

— Ela tem um péssimo gênio, mas não tem culpa. Acho que ninguém tem culpa de nada — acrescentou, filosoficamente.

— Você é bom — disse ela.

Gil seguiu até a porta.

— Vou beber uma cerveja por aí.

A moça fez-lhe sinal para esperar um pouco. Abriu uma pequena gaveta e dela retirou um minúsculo embrulho.

— Deixe lhe pôr isso no peito.

— Que troço é esse?

— É uma ferradura. Nunca a tire do peito. Dizem que ferradura dá sorte.

20

Era a véspera do grande dia. Mestre Juca acordara mais cedo do que de costume para dar uma espiadela no Marujo. Antes, porém, parou na cocheira do Rumbero, sentindo, moralmente, a obrigação de preocupar-se mais com o cavalo de Cid Chaves. Fazia questão de ser correto nos menores detalhes de sua vida profissional. Fez um rápido exame no cavalo, pediu a um dos auxiliares que o levasse para a pista e depois foi ver o Marujo. Foi com emoção que pôs os olhos nele. Se vencesse estaria plenamente reabilitado como treinador. Ninguém mais lhe dirigiria ironias. Não sorririam mais quando ele passasse. Precisava daquela vitória tanto quanto Gil.

– Você está disposto, hein? – disse ao animal.

Marujo rinchou, reconhecendo-o.

– Não vá me decepcionar amanhã – lembrou o velhote. – Mostre que ainda é um craque de verdade. E um grande craque corre até entrar na compulsória. Se vencer, terá apenas umas poucas carreiras pela frente. Aí então poderá descansar o resto da vida. Comer o que quiser, engordar o quanto quiser. Poderá pastar com Formasterus e Albatroz. Ouvirá as velhas histórias que eles têm para contar e contará as suas.

Um aprendiz passou por ele e Juca pediu-lhe que levasse o cavalo para a pista. Deu-lhe conselhos.

— Faça-o correr puxado uns seiscentos metros, o resto, na maciota.

O aprendiz montou e Marujo foi se afastando. Juca seguiu para a pista sozinho. Logo além, ouviu que o chamavam. Olhou. Era Polegar.

— Como vai, mestre Juca?

O velhote lembrou-se da briga que haviam tido. Desde aquele dia, passara a odiar Polegar, a quem atribuía o fracasso da última corrida de Marujo. Era a primeira vez que o encarava, depois de alguns meses.

— O que você quer?

O tom de voz seco de mestre Juca pôs o jóquei pouco à vontade. Mas ele tinha algo a dizer-lhe. Começou por uma pergunta:

— Quem vai montar o Marujo amanhã?

— Mendes — respondeu o Juca.

Polegar fez uma careta:

— Mendes não anda numa boa fase.

— Mas ele sabe como deve pilotar o cavalo.

— Mendes anda com urucubaca — repisou o pequeno jóquei.

— Se fizer o que eu mandar, ninguém vencerá o Marujo nesse páreo, garanto.

Polegar ficou alguns instantes em silêncio, olhando para o Juca.

— Uma vez você me disse que Mendes não era bom.

— Tem feito progressos.

— Ele não esteve bem nas últimas montarias.

— Pegou uns matungos ordinários. Com Marujo será diferente.

Polegar tocou o braço de Juca. Ainda não dissera o que queria.

— Quer que eu monte ele?

— Ele quem?

— Marujo.

O velhote deu uma risada irônica, nervosa. Por que aquele pedido? Estranhava.

— Você falou cobras e lagartos do meu cavalo.

O jóquei olhou para o chão:

— Continuo a dizer que ele estava mal daquela vez. Mas acho que agora está melhor. — E acrescentou, algo trêmulo: — E eu gostaria que vencesse.

Juca fitou-o, sério:

– Você se julga o melhor jóquei do Prado?

O outro custou a responder, mas disse:

– Acho que sou o melhor e não é porque liderei duas vezes a estatística. O que eu não conseguir de um cavalo, ninguém conseguirá aqui. Além disso, dizem que tenho sorte.

Mestre Juca nunca poderia esperar por aquela conversa:

– Acredita mesmo que o Marujo pode ganhar o páreo?

– Pode, sim, mas há o Vila Nova. O Torpedo também não é sopa, principalmente na raia pesada. Mas se eu forçá-lo na entrada da reta, estando em terceiro ou quarto lugar, poderá finalizar na frente.

Noutros tempos Juca já afirmara que Polegar era o melhor jóquei do Prado. Deixara de pensar assim depois da briga. Não podia permitir que uma intransigência prejudicasse a vitória de Marujo.

– Quer pilotá-lo, então?

– Confesso que gostaria. E de graça.

Juca ofendeu-se:

– Por que de graça?

– Não faço tanta questão de dinheiro como dizem.

O velhote pensou um pouco:

– Você vai pilotá-lo, mas ganhará por isso. Terei que falar com Mendes.

O velhote seguiu para a pista, sentindo uma enorme alegria interior. Agradara-lhe o gesto de Polegar. Agora, era mais um a lutar pela vitória do Marujo, alguém com um interesse maior em seu sucesso.

Na cerca da pista, Juca encontrou jornalistas. Comentavam os aprontos da semana.

– Você escondeu a forma de Marujo – disse um deles.
– Ele aprontou bastante suave.

– Por que forçar os cavalos no apronto?

– Continua sendo um velho vivo.

Outro jornalista entrou na conversa:

– Apesar do apronto suave, ele me impressionou melhor do que Rumbero, Marechal e Dona Rosa. Mas Vila Nova estava um espetáculo. Para mim, é o favorito, em dupla com Marujo ou talvez com Torpedo, que não é de se desprezar.

Juca esboçou um de seus sorrisos superiores.

– Vila Nova não aguenta correr mais de mil e oitocentos metros.

– Isso a gente vai ver na hora. Poupado a princípio, se o jóquei não fizer loucura, a carreira é dele. Mas o seu terá o segundo ou terceiro placê.

Mestre Juca afastou-se, a sorrir. Mas irritava-se quando lhe falavam das qualidades de Vila Nova. Seria capaz de jurar que Torpedo cruzaria o disco antes dele. Se fosse um apostador, apostaria até a camisa. Entre uma turma que se aproximava, Juca divisou seu novo patrão.

– Olá, Juca! – bradou o garoto.

– Você madrugou também!

– Como está animado isto aqui!

– Os corujas vieram em bando. O que você tem ouvido dizer do nosso páreo?

Gil lembrou-se com azedume dos comentários:

– Acho que Vila Nova vai ser o favorito.

– Isto eu sei.

– Mas muita gente acredita em Marujo.

– Isso também eu sei.

Foram os dois andando juntos.

– Estou animado – confessou Gil, depois de algum tempo.

– Eu estou convicto – replicou Juca. – Estou sentindo o que sempre sinto antes da vitória dos meus cavalos. Algo que não sei explicar.

– Eu também estou sentindo uma porção de coisas que não sei explicar. Uma vontade de brincar com as crianças e cachorros. De pôr flores no túmulo de minha mãe. De falar pelos cotovelos, mas a voz não sai com facilidade.

O velhote acendeu um cigarro, parando. Estava cheio de atitudes e fazia-se misterioso, como era de seu agrado.

– Quando Marujo cruzar o disco, você pensará que vai explodir. Você pensará que tem uma bomba dentro do peito. Os outros todos parecerão muito pequenos em relação a você.

– Justamente aquilo que eu dizia: ser uma espécie de rei.

– Pode ser isso – confirmou o velho.

Juca, muito sério, cronometrou uma passagem de Rumbero. Não descuidaria do cavalo do seu chefe. Mas, ao fazer o mesmo com Marujo, bateu a mão fechada numa trave da cerca:

– Isso que é tempo! É como foi o Helíaco!

Uma hora depois, ante uma cerveja, o velhote contava para Gil, pela milésima vez, a história dos grandes craques e dos grandes clássicos. Falava de Sargento, de Teruel, de Wonder Bar. Relembrava feitos de Formasterus. Descrevia, com pormenores, as carreiras mais marcantes a que assistira, tudo isso com um vivo entusiasmo. Concluiu, dizendo:

– Mas não fique triste, Marujo também é dos grandes.

– Se ele vencer, ficará na história – disse o garoto.

– E você também ficará na história do turfe. Pedirei aos cronistas que falem de você. É o mais jovem proprietário do país e tem uma fé enorme.

– Não é preciso – disse Gil, que tinha razões para não apreciar a publicidade em torno de sua pessoa. – Gostaria que eles falassem de você como antes.

– Eu não ligo para essas coisas, mas falarão. Voltarão a me procurar para dar opiniões. Me dedicarão crônicas inteirinhas, cheias de termos carinhosos. Mas desta vez encontrarão um mestre Juca mais sério. Já lhes dei muita trela, no passado.

Ficaram conversando até a hora do almoço, quando Gil rumou para casa. Pensou em fazer uma visita à Valentina, mas resolveu só tornar a aparecer mais tarde, com o dinheiro no bolso. E isso seria domingo depois do páreo. Mas não estava certo de que suportaria ficar sem vê-la até àquela hora.

À noite, saiu pela rua e ficou girando nas redondezas do Prado, diante dos portões. Bebeu uma cerveja sozinho e depois foi para casa, querendo pensar no dia seguinte. Ao ver-se sem ninguém em seu quarto, e como ninguém estivesse no corredor de sua casa, fez o que desejava: atirou-se ao chão de joelhos. E rezou.

Era uma reza indecisa, mas fervorosa, embora pouco ortodoxa. Não tinha o tom ideal da reverência, porém buscava com Deus uma intimidade à qual não se atreveram nem os antigos apóstolos e profetas.

– O Senhor sabe de tudo tão bem como eu. Quero embolsar esse dinheiro por causa de Valentina. Não que ela seja interesseira. É que não acredita em mim porque sou moço demais. Se o meu cavalo ganhar, caso com ela. Não é grupo, não, Senhor. Confesso que para comprar o Marujo fiz uma coisa feia. Passei um suadouro em dona Lindolfa. Mas se a gaita vier, devolvo o dinheiro dela e farei muita caridade. Poderei ajudar alguma maternidade, comprar algumas bolas de futebol e camisetas para os times da várzea e escorregar uns pichulés para uma ou outra puta que queira se regenerar. Por isso eu queria pedir ao Senhor pra dar um empurrãozinho no Marujo. Na saída, segure ele. Não deixe o bicho desembestar. Vá segurando as rédeas, até a grande curva. Faça ele correr por dentro. Quando estiverem para entrar na reta, aí dê uma arranca. Se ele não obedecer, pode meter o chicote. Passe o Rumbero, o Torpedo, o Vila Nova. Carregue o bicho até o disco, sem fechar os olhos.

Depois dessa reza, o garoto dormiu sereno. Minutos depois, sonhava que subia a Torre Eiffel com Valentina. Ela trajava de branco, e ele fumava cachimbo.

21

Aquela tarde, notava-se nas arquibancadas do Prado um movimento maior que o usual. Decerto, não havia paralelo com o bulício do Grande Prêmio, mas o Metropolitano também atraía bom público e o retorno de Marujo justificava a presenca de turfistas não habituais. Uma atriz mexicana comparecera ao Prado, como já havia sido anunciado, o que contribuía para um afluxo ainda mais intenso de espectadores, embora as senhoras da sociedade fizessem questão de ignorá-la completamente. Mas ela não notava ou fazia não notar, cercada de admiradores, todos de olhos fixos nos seus decotes audazes. Contava com o apoio da massa e para ela vivia, indiferente ao bloqueio que a classe mais privilegiada pudesse lhe fazer.

Cid Chaves estava nas arquibancadas, com a moça que sempre o acompanhava. Mais inquieto que de costume, sentava-se e levantava-se a todo instante ou consultava o programa pensativamente. A moça reclamava-lhe a atenção, pedia-lhe explicações do seu estado de nervos.

– Vai correr um dos meus cavalos – dizia Cid Chaves. – E outro cavalo que eu vendi.

– Mas não fique com essa cara.

– Prometo mudar de cara – garantiu ele, lançando um olhar longo para a pista. Estava inquieto, sim. Desde a noite anterior.

Quase não dormira, acordado por uma ideia, uma daquelas coisas incoerentes que às vezes fazia e que ninguém podia entender.

Um casal aproximou-se dele e da moça, e trocaram cumprimentos. Cid achou que era aquele um belo momento para safar-se. Tinha o que fazer nos bastidores do Prado.

Pediu licença ao casal e à companheira, dizendo que voltaria logo, e afastou-se. Tinha urgência de falar com certo jóquei. A procura foi demorada, pois não sabia onde C. López se metera. Mas a sua companheira que esperasse. Afinal, descobriu o jóquei e chamou-o para um canto, depois de fazer-lhe uns sinais discretos. Sorriu, em seguida, pois se alguém surpreendesse a sua cautela, diria que estava tramando algo pecaminoso. Não era isso, porém.

— O que o senhor deseja?

Cid Chaves não sabia como começar:

— O que você acha do Rumbero, López?

O jóquei foi franco:

— Não confio nele, senhor. O páreo é de Vila Nova ou de Torpedo. O nosso poderá surpreender, mas...

— Não quero que se preocupe com isso — replicou Cid Chaves, um tanto misterioso. — Ele ainda terá a sua vez.

— O senhor é sempre compreensivo — agradeceu o jóquei, que não apreciaria a obrigação de vencer o páreo, já que o cavalo de sua montaria era fraco.

— Compreensivo... — repetiu Cid. — Seja compreensivo também. Vamos falar às claras. Não quero que você vença, entendeu? Amoleça. Nunca pedi isso para você nem para outro jóquei, mas amoleça.

O jóquei olhou-o espantado. Cid Chaves não era tido no Prado como trapaceiro. Respeitavam-no.

— Faço o que o doutor manda.

— Não pense, por favor, que peço isso por causa de umas pules. Não estou pensando em lucros. Lucros no turfe... — riu, nervosamente. — Às vezes há outras coisas em jogo.

— Seja pelo que for...

— Você terá sua porcentagem, como se tivesse ganho o páreo.

— Não poderei aceitar. É muito.

– No fim, você dirá: "Eu podia ter ganho ou pegado um placê". Eu pago esse "podia", entendeu? Os dez por cento da praxe. O dinheiro não será o problema.

– O senhor nunca brigou por causa de dinheiro.

Mas Cid Chaves tinha algo ainda mais confidencial a dizer:

– Marujo está precisando de uma faixa. Corra pra ele. Faixa de Marujo. Não o perca de vista.

O jóquei empalideceu:

– O senhor disse: Marujo? Mas não é verdade que vendeu esse animal?

– Vendi.

– E quer que ele ganhe?

– Um capricho – confessou o milionário. – Não pense que joguei em Marujo. Oh, tire isso da cabeça... É que esse cavalinho representa muito para uma pessoa. Ou para duas pessoas.

– É um cavalo batido – disse o jóquei. – Marechal está em melhor forma do que ele.

– Não vamos discutir isso. Que ele perca, mas não para Rumbero. É o que lhe peço.

– Pois não, senhor.

– Conversaremos depois do páreo.

Cid Chaves retornou às arquibancadas, aliviado. Agora poderia suportar melhor a moça que o acompanhava e suas costumeiras implicâncias. Fora incoerente, mas, às vezes, uma atitude incoerente é tão necessária como um pifão.

22

Gil passara bem cedo pela Vila Hípica para uma última olhada no Marujo. Encontrou-o com uma boa disposição, rinchando como se estivesse impaciente para correr e vencer. Debaixo do braço, o garoto trazia jornais. Na opinião dos entendidos, os favoritos do páreo eram Vila Nova na ponta, com Torpedo no primeiro placê e Marujo no segundo. Um deles colocava Marujo antes de Torpedo. Consultara o retrospecto dos outros animais e constatou que só o de Vila Nova assustava. Marechal só vencera uma vez. Dona Rosa só pegara placês. Pancho Vila vinha de muitos fracassos e Abaeté de forma alguma poderia aparecer. Somente Marujo tinha uma longa e vitoriosa carreira, embora não com as trinta e duas vitórias que Juca dizia, mas com vinte e duas.

Atrás dele, Juca mal escondia a inquietação:

– Ele amanheceu com boa cara.

– É o que estou achando, Juca.

– Preveni novamente o Polegar para não deixá-lo correr na ponta e hoje, se o jóquei deixar, ele dispara na frente.

– Acho que a gente não deve ter medo – disse o garoto.

– E quem está com medo? – perguntou o velhote.

Gil sentiu vontade de beber. Foi até um bar e pediu uma cerveja, com uma sede danada. A bebida poderia acalmá-lo. Tomou mais uma cerveja e depois seguiu para casa.

Na hora do almoço, com Ernesta e os irmãos, olhava para eles, pensando: "Se soubessem a importância desse dia para mim! Nem ao menos sabem que sou dono de um cavalo, que devem conhecer o nome, e que poderá me dar uma fortuna. Depois do almoço, um vai namorar, outro vai estudar e eu vou ver o meu Marujo fazer de mim um moço rico. Ernesta estará na máquina de costura e eu recebendo o meu prêmio. Como é diferente o destino das pessoas."

Gil não pôde almoçar direito. A comida pesava-lhe no estômago. Àquela hora, estaria correndo o segundo páreo. Se se apressasse demais, aí é que seus nervos estourariam. Saiu à rua, como sempre, sem despedir-se dos irmãos. Ia diretamente ao Prado, mas lembrou-se de passar pelo apartamento de Valentina. Se a apanhasse de bom humor, iriam ambos para o Prado. Gostaria de estar no lado dela quando Marujo cruzasse o disco. Que beijo estalado lhe daria na face!

Subiu as escadarias do prédio, pensando no último encontro que haviam tido. Notara alguma diferença no comportamento dela, nas maneiras. Pelo jeito, o gorducho de pasta debaixo do braço saíra do seu caminho. Tinha a intuição de que sim. Chegou diante da porta do apartamento. Viu um retângulo branco, pregado à porta com fita colante. Era um envelope escrito a tinta. Leu: "Para o senhor Gil." Num gesto rápido, o garoto puxou o envelope e abriu-o. Arrancou do interior dele um pequeno papel. Correu os olhos:

"Meu querido Gil:

Quando você ler este bilhete, já estarei longe daqui. Vou com aquele senhor para o interior. Precisamos um do outro. Somos duas carcaças. Mas você é moço e merece coisa melhor. Seja bom para sua família e para todos. Abrace mestre Juca por mim. Ouvirei a corrida pelo rádio e rezarei para Marujo ganhar.

Valentina"

A folha de papel caiu da mão do garoto, que começou a descer as escadas, cambaleando, como se tivesse recebido uma forte pancada na cabeça. O choque provocara-lhe enjoo no estômago e um desnorteamento total. No meio da escadaria, parou, fazendo força para chorar. As lágrimas talvez o aliviassem. Mas não conseguiu, embora aquela opressão se intensificasse. Encostou-se à porta do prédio, olhando sem ver o movimento da rua. Àquela hora, o terceiro páreo já devia ter sido corrido, porém não se importava com nada. Nenhuma importância daria mais à vitória de Marujo e ao dinheiro. A vida perdera o interesse para ele. Muito melhor estar morto. Foi andando pela rua, e o que sentia agora era um desespero, uma vontade de gritar, de apelar para soluções violentas. A cada minuto a realidade da partida de Valentina parecia-lhe mais amarga. Sua resistência estava no fim.

– Olhe o que aquele menino está fazendo – disse alguém, espantado.

Gil, ao atravessar uma rua, resolveu deitar-se sobre os trilhos de um bonde. Um cachorrão foi cheirá-lo, fazendo cócegas no rosto, e alguns transeuntes pararam. Mas ele continuou ali, deitado, à espera de que um bonde o cortasse pelo meio.

– Que brincadeira é essa? – berrou um homem que passava na calçada.

O garoto não lhe deu ouvidos, lá, deitado, olhando o céu.

Não tardou para que um bonde aparecesse na extremidade da rua. Foi aproximando-se, mas o garoto nem se mexeu. Queria morrer. O motorneiro batia o sinal do veículo, sem resultado. Teve que parar o bonde, a alguns metros dele.

– Saia daí, rapaz!

Mas Gil não se moveu.

Foi preciso que o motorneiro e o cobrador descessem do bonde e levantassem o garoto dos trilhos.

– Quero morrer – disse Gil.

– Escolha outro lugar – disse o motorneiro, irritado. E empurrou o rapaz.

Gil continuou o seu caminho, com a ideia fixa de matar-se. "Se tivesse uma corda – pensou – me enforcaria no poste." Entrou num armazém, de cujas portas algumas pessoas o observavam, pois tinham assistido à sua primeira tentativa de suicídio, e pediu, com voz firme:

— Quero comprar dois metros de corda.

— Vá andando, garoto — disse o dono do armazém. — Não vendemos corda.

— Pago quanto o senhor quiser.

— Não vendemos corda — ele repetiu.

Gil saiu do armazém e, ao passar pela porta, a mão engelhada de uma velhinha o deteve:

— O que aconteceu, meu filho?

O garoto livrou-se da mão dela e prosseguiu seu caminho, com o mesmo desespero. Seria difícil arranjar uma corda, pois a maioria dos armazéns estavam fechados. Umas três pessoas o seguiam de perto, querendo saber o que ele ia fazer. Para se livrar delas, apressou o passo. Teve uma ideia: compraria arsênico. Na primeira farmácia aberta, entrou.

— Quero um veneno para matar ratos — disse.

As pessoas que o haviam seguido apareceram na porta da farmácia. Uma delas gritou:

— Ele quer se matar.

O farmacêutico olhou o rapaz, acreditando na advertência que ouvia, e respondeu:

— Não vendemos.

Gil saiu da farmácia, com os olhos vidrados, a expressão contrafeita. Os curiosos o seguiam ainda e aquele cachorrão que o lambera sobre os trilhos, acompanha-os. Só correndo se livraria deles. Foi o que fez: correu um quarteirão todo. Olhou para trás e viu dois molecotes correndo também, mais o cachorro. "Quero morrer", dizia para si mesmo. "Sem Valentina, quero morrer." Vendo um carro que dobrava a esquina em boa velocidade, o garoto jogou-se para o meio da rua, para que o carro o atropelasse.

Os pneus do automóvel gemeram numa brecada.

— Que loucura é essa! — bradou o motorista.

Gil voltou para a calçada. Não estava longe do Prado. Resolveu ir para lá, deixando o suicídio para depois. Se Marujo ganhasse a corrida, talvez pudesse recuperar Valentina. Pagar um detetive para descobri-la. Olhou o relógio. Dentro de poucos minutos, os cavalos largariam. Tinha que se apressar, se não, chegaria atrasado. Foi andando o mais depressa que pôde, sem olhar para trás, a fim de ver se ainda era seguido. Sua marcha estava tão acelerada, que começou a suar, mas não diminuiu o passo. Tinha uma esperança, ainda: a vitória de Marujo.

Algum tempo depois, com a camisa toda suada, Gil transpôs os portões do Prado. Parecia um doido entre os espectadores. Havia um silêncio geral, pois a partida estava para ser dada. Na fita já se alinhavam Vila Nova, Torpedo, Marechal, Dona Rosa, Marujo e os outros. O garoto, porém, não os via. Continuava aturdido e nem sabia ao certo se aquele era o páreo em que correria o seu cavalo. Mas ia se acotovelando com o público.

Apertado de encontro à cerca, mestre Juca acompanhava a prova. Os cavalos já haviam largado e galopavam agrupados. Pôde distinguir a custo uma disputa pelo primeiro posto entre Marechal e Vila Nova. Não viu Torpedo. Rumbero ia pouco à frente de Marujo, em quinto lugar. O velhote não se movia, imóvel como um boneco. Atrás dele, estavam dois cavalheiros que havia pouco lhe haviam perguntado por Gil.

– O garoto deve estar por perto – disse um deles, que usava óculos *ray-ban*.

O outro, de capa de chuva, olhava para todos os lados; não estava interessado na prova. Puseram-se a andar entre o povo, atentos à obrigação que os levara até lá. Nada os distraía, nem os brados da assistência, nem o casual contato com as coloridas e elegantes senhoras que encontravam pelo caminho. Tinham uma missão e concentravam-se nela, com as mãos enfiadas nos bolsos e os olhos perspicazes.

Na arquibancada dos sócios, erguendo-se num impulso, Cid chaves bradava, enérgico:

– Avance! É a hora: avance!

A moça que o acompanhava, surpresa com a emoção de Cid, perguntou:

– Aquele é o seu?
– Não é o meu – ele respondeu.

Ela fez uma cara de espanto que não a tornava menos linda.
– Você está torcendo para outro cavalo?
– Estou – ele replicou, como se quisesse irritá-la.

A moça desviou os olhos da pista e, torcendo as mãos enluvadas, protestou:

– Eu não o entendo! Positivamente eu não o entendo! Você me deixa louca!

Somente algum tempo depois Gil teve a certeza de que aquele era o páreo principal da tarde. Através dos rouquenhos alto-falantes do Prado, ouviu os nomes de Vila Nova, Torpedo, Marechal e Marujo. Vila Nova levava meio corpo de vantagem sobre Torpedo e parecia que Marujo e Marechal disputavam a terceira colocação, seguidos de perto por Rumbero. Foi o que pôde entender no meio daquele alarido, e ainda esmagado pelo choque causado pela carta de Valentina. Pensou em torcer, em bradar o nome de Marujo, mas estava confuso demais. Aproximou-se da cerca. O alarido era agora maior. Os cavalos entravam na reta de chegada e o locutor repetia os nomes de Vila Nova e Torpedo com irritante insistência.

Num outro ângulo de visão, mestre Juca acompanhava a carreira, com o sangue a ferver nas veias. Notara com seu olho profissional que já na grande curva Polegar vinha tentando colocar Marujo entre os primeiros, mas quando o lote entrou na reta suas esperanças diminuíram: Vila Nova e Torpedo ganhavam nitidamente a dianteira. Em seguida, porém, Polegar tentou novo arranco, em desesperado atropelo.

Há muitos quilômetros dali, num Austin parado à beira de uma estrada, sob o sol forte da tarde, Valentina e o amante seguiam a carreira pelo rádio. Ela mordia nervosamente as pontas dos dedos, com os olhos no dial do aparelho, enquanto ele fumava, todo tenso e concentrado.

A carreira estava nos seus últimos momentos, com os cavalos já na reta final. O locutor, frenético, descrevia o páreo:

– Duelo entre Vila Nova e Torpedo. Marechal tentou arrancar, mas ficou em quarto.

Valentina olhou desolada para o amante.

– Torpedo domina Vila Nova nos últimos instantes – prosseguia o locutor. – Torpedo e Vila Nova cruzam o disco de chegada. Dona Rosa em terceiro. Marechal em quarto. Depois, os demais. Em último, Rumbero.

A moça sorriu para travar as lágrimas.

– Foi o que Deus quis.

Seu amigo desligou o rádio e ligou o motor de arranque. Com sinceridade, disse para ela:

– Eu daria não sei o quê para que o cavalo dele ganhasse. Acredita em mim? – perguntou.

Valentina cobriu com a sua a mão dele sobre o volante:

– Eu sei, eu sei – repetiu entre lágrimas.

O garoto, ainda desorientado, fazia-se arrastar pelo público. Não sabia aonde queria ir. Deixava-se empurrar. Sentia uma zoeira nos ouvidos, o mesmo enjoo no estômago, um desvalimento total. Movia as pernas como um autômato, pisando as pules rasgadas que cobriam o chão. Cavalos para o páreo seguinte já saíam para o *canter*, renovando a onda de esperanças dos apostadores. Ele não pensava em nada, vazio e entorpecido. Só teve de livrar-se dos empurrões, quando viu, juntos, Cid Chaves e mestre Juca. Conversando, Cid com o braço em torno do ombro do velhote. Gil aproximou-se deles, sem ser pressentido.

O milionário dizia:

– Nossa força no Derbi vai ser o Platino.

Juca balançou a cabeça, confirmando:

– É um grande potro. Vou pôr ele em ponto de bala.

– Faça o possível, Juca – pediu Cid Chaves. – Prepare-o com carinho.

O velhote esboçou um sorriso de superioridade:

– Pode confiar em mim. Platino vai ser o potro do ano. Garanto.

Gil afastou-se voltando a fazer parte da massa de espectadores e empurrado por ela. Não tinha nada a dizer a mestre Juca e preferia calar-se sobre turfe. Somente pensava em morrer, mais nada. Um pouco adiante, deteve-se na cerca da pista, com os olhos no povo. Faria jejum, morreria de fome.

Os dois cavalheiros que haviam perguntado por ele ao velhote puderam, enfim, encontrá-lo. O de capa de chuva ia à frente, o de óculos *ray-ban* pouco atrás. Ao reconhecê-lo, sem palavras, dirigiram-se a ele, lentamente. Olhavam-no com curiosidade. O de óculos exibiu uma placa metálica, que tornou a pôr no bolso. Gil conhecia o distintivo. Aquele que vestia capa

de chuva ficou a um passo dele, sorrindo. Sabia exercer o seu ofício com certa sociabilidade. Depois, erguendo a mão na direção do amuleto que Valentina lhe dera, perguntou, com malícia:
– Ferradura dá sorte?

1950-1960

Bibliografia

Livros

Contos, Novelas e Romances

– *Ferradura dá sorte?* (romance), Edaglit, 1963 [republicado como *A última corrida*, Ática, São Paulo, 1982].
– *Um gato no triângulo* (novela), Saraiva, São Paulo, 1953.
– *Café na cama* (romance), Autores Reunidos, São Paulo, 1960; Companhia das Letras, São Paulo, 2004.
– *Entre sem bater* (romance), Autores Reunidos, São Paulo, 1961.
– *O enterro da cafetina* (contos), Civilização Brasileira, Rio de Janeiro, 1967; Global, São Paulo, 2005.
– *Soy loco por ti, América!* (contos), L&PM, Porto Alegre, 1978; Global, São Paulo, 2005.
– *Memórias de um gigolô* (romance), Senzala, São Paulo, 1968; Companhia das Letras, São Paulo, 2003.
– *O pêndulo da noite* (contos), Civilização Brasileira, Rio de Janeiro, 1977; Global, São Paulo, 2005.
– *Ópera de sabão* (romance), L&PM, Porto Alegre, 1979; Companhia das Letras, São Paulo, 2003.

– *Malditos paulistas* (romance), Ática, São Paulo, 1980; Companhia das Letras, São Paulo, 2003.
– *A arca dos marechais* (romance), Ática, São Paulo, 1985.
– *Essa noite ou nunca* (romance), Ática, São Paulo, 1988.
– *A sensação de setembro* (romance), Ática, São Paulo, 1989.
– *O último mamífero do Martinelli* (novela), Ática, São Paulo, 1995.
– *Os crimes do olho-de-boi* (romance), Ática, São Paulo, 1995.
– *Fantoches!* (novela), Ática, São Paulo, 1998.
– *Melhores contos Marcos Rey* (contos), 2. ed., Global, São Paulo, 2001.
– *Melhores crônicas Marcos Rey* (crônicas), Global, São Paulo, no prelo.
– *O cão da meia-noite* (contos), Global, São Paulo, 2005.
– *Mano Juan* (romance), Global, São Paulo, no prelo.

INFANTO-JUVENIS

– *Não era uma vez*, Scritta, São Paulo, 1980.
– *O mistério do cinco estrelas*, Ática, São Paulo, 1981; Global, São Paulo, no prelo.
– *O rapto do garoto de ouro*, Ática, São Paulo, 1982; Global, São Paulo, no prelo.
– *Um cadáver ouve rádio*, Ática, São Paulo, 1983.
– *Sozinha no mundo*, Ática, São Paulo, 1984; Global, São Paulo, no prelo.
– *Dinheiro do céu*, Ática, São Paulo, 1985; Global, São Paulo, no prelo.
– *Enigma na televisão*, Ática, São Paulo, 1986; Global, São Paulo, no prelo.
– *Bem-vindos ao Rio*, Ática, São Paulo, 1987; Global, São Paulo, no prelo.

- *Garra de campeão*, Ática, São Paulo, 1988.
- *Corrida infernal*, Ática, São Paulo, 1989.
- *Quem manda já morreu*, Ática, São Paulo, 1990.
- *Na rota do perigo*, Ática, São Paulo, 1992.
- *Um rosto no computador*, Ática, São Paulo, 1993.
- *24 horas de terror*, Ática, São Paulo, 1994.
- *O diabo no porta-malas*, Ática, São Paulo, 1995.
- *Gincana da morte*, Ática, São Paulo, 1997.

Outros Títulos

- *Habitação* (divulgação), Donato Editora, 1961.
- *Os maiores crimes da história* (divulgação), Cultrix, São Paulo, 1967.
- *Proclamação da República* (paradidático), Ática, São Paulo, 1988.
- *O roteirista profissional* (ensaio), Ática, São Paulo, 1994.
- *Brasil, os fascinantes anos 20* (paradidático), Ática, São Paulo, 1994.
- *O coração roubado* (crônicas), Ática, São Paulo, 1996.
- *O caso do filho do encadernador* (autobiografia), Atual, São Paulo, 1997.
- *Muito prazer, livro* (divulgação), obra póstuma inacabada, Ática, São Paulo, 2002.

Televisão

Série Infantil

- *O sítio do picapau amarelo* (com Geraldo Casé, Wilson Rocha e Sylvan Paezzo), TV Globo, 1978-1985.

Minisséries

- *Os tigres,* TV Excelsior, 1968.
- *Memórias de um gigolô* (com Walter George Durst), TV Globo, 1985.

Novelas

- *O grande segredo,* TV Excelsior, 1967.
- *Super plá* (com Bráulio Pedroso), TV Tupi, 1969-1970.
- *Mais forte que o ódio,* TV Excelsior, 1970.
- *O signo da esperança,* TV Tupi, 1972.
- *O príncipe e o mendigo,* TV Record, 1972.
- *Cuca legal,* TV Globo, 1975.
- *A moreninha,* TV Globo, 1975-1976.
- *Tchan! A grande sacada,* TV Tupi, 1976-1977.

Cinema

Filmes Baseados em seus Livros e Peças

- *Memórias de um gigolô,* 1970, direção de Alberto Pieralisi.
- *O enterro da cafetina,* 1971, direção de Alberto Pieralisi.
- *Café na cama,* 1973, direção de Alberto Pieralisi.
- *Patty, a mulher proibida* (baseado no conto "Mustang cor-de-sangue"), 1979, direção de Luiz Gonzaga dos Santos.
- *O quarto da viúva* (baseado na peça *A próxima vítima*), 1976, direção de Sebastião de Souza.
- *Ainda agarro esta vizinha* (baseado na peça *Living e w.c.*), 1974, direção de Pedro Rovai.
- *Sedução,* 1974, direção de Fauze Mansur.

Teatro

- *Eva,* 1942.
- *A próxima vítima,* 1967.
- *Living e w.c.,* 1972.
- *Os parceiros* (*Faça uma cara inteligente e depois pode voltar ao normal*), 1977.
- *A noite mais quente do ano* (inédita).

Biografia

Marcos Rey, pseudônimo de Edmundo Donato, nasceu em São Paulo, em 1925, cidade que sempre foi o cenário de seus contos e romances. Estreou em 1953, com a novela *Um gato no triângulo*. Apenas sete anos depois publicaria o romance *Café na cama*, um dos best-sellers dos anos 1960. Seguiram-se *Entre sem bater, O enterro da cafetina, Memórias de um gigolô, Ópera de sabão, A arca dos marechais, O último mamífero do Martinelli* e outros. Teve inúmeros romances adaptados para o cinema e traduzidos. *Memórias de um gigolô* fez sucesso em inúmeros países, notadamente na Alemanha, e foi também filme e minissérie da TV Globo. Marcos venceu duas vezes o Prêmio Jabuti; em 1995, recebeu o Troféu Juca Pato, como o Intelectual do Ano, e ocupava, desde 1986, a cadeira 17 da Academia Paulista de Letras.

Depois de trabalhar muitos anos na TV, onde escreveu novelas para a Excelsior, Globo, Tupi e Record e de redigir 32 roteiros cinematográficos, experiência relatada em seu livro *O roteirista profissional*, a partir de 1980, passou a se dedicar também à literatura juvenil, tendo já publicado quinze romances do gênero, pela editora Ática. Desde então, como poucos escritores neste país, viveu exclusivamente das letras. Assinou crônicas na revista *Veja São Paulo*, durante oito anos, parte delas reunidas num livro, *O coração roubado*.

Marcos Rey escreveu a peça *A próxima vítima*, encenada em 1967, pela Companhia de Maria Della Costa; *Os parceiros* (*Faça uma cara inteligente, depois volte ao normal*), e *A noite mais quente do ano*. Suas últimas publicações foram *O caso do filho do encadernador*, autobiografia destinada à juventude, e *Fantoches!*, romance.

Marcos Rey faleceu em São Paulo, em abril de 1999.

LIVROS DE MARCOS REY PELA GLOBAL EDITORA

INFANTO-JUVENIL

Bem-vindos ao Rio
Dinheiro do céu
Doze horas de terror
Enigma na televisão
O coração roubado
O diabo no porta-malas
O mistério do 5 estrelas
O rapto do garoto de ouro
Na rota do perigo
Sozinha no mundo

ADULTOS

O enterro da cafetina
Soy loco por ti, América!
O pêndulo da noite
O cão da meia-noite
Mano Juan
Melhores Contos Marcos Rey
Melhores Crônicas Marcos Rey*
A sensação de setembro – Opereta tropical*
A última corrida
Entre sem bater*
Esta noite ou nunca
Os crimes do Olho-de-boi*
Um gato no triângulo*

———

* Prelo

GRÁFICA PAYM
Tel. (011) 4392-3344
paym@terra.com.br